बादशाहत का ख़ात्मा

मण्टो अब तक-22

बादशाहत का ख़ात्मा

सआदत हसन मण्टो

वाणी प्रकाशन

वाणी प्रकाशन

4695, 21-ए, दरियागंज, नयी दिल्ली 110 002

फ़ोन : +91 11 23273167 फ़ैक्स : +91 11 23275710

शाखाएँ

अशोक राजपथ, पटना 800 004, बिहार

कॉफ़ी हाउस कैम्पस, महात्मा गांधी मार्ग, इलाहाबाद 211 001, उत्तर प्रदेश

महात्मा गांधी अन्तरराष्ट्रीय हिन्दी विश्वविद्यालय, वर्धा 442 001, महाराष्ट्र

www.vaniprakashan.in
marketing@vaniprakashan.in
sales@vaniprakashan.in

BADSHAHAT KA KHATMA
by Saadat Hasan Manto

ISBN : 978-93-5072-271-8
Collection of Short Stories

संस्करण 2012
आवृत्ति 2018

मूल्य : ₹ 125

एम.एस. प्रिंटर्स, दिल्ली-110 095 में मुद्रित

वाणी प्रकाशन का लोगो मक़बूल फ़िदा हुसेन की कूची से

भूमिका

मण्टो की अधिकांश कहानियों की प्रेरणा या उत्स, उसका यह एहसास है—अत्यन्त प्रामाणिक और सच्चा एहसास—कि इस सारे निज़ाम में कहीं कुछ बहुत ग़लत है—आधारभूत रूप से ग़लत और नाकाबिले-बरदाश्त। वह अपनी सारी शक्ति के साथ दर्द और दुख और तकलीफ़ के सही मुकाम पर उँगली रखता है—कि यही उसके निकट, लेखन का उद्देश्य है। मण्टो की यह भावना एक गहरे नैतिक उत्तरदायित्व के एहसास से उपजती है। एक ऐसी व्यवस्था में रहते हुए, जो लगातार मानवीयता को कुचलती है, मण्टो निजी तौर पर, अपने समाज और अपने साथियों के प्रति खुद को उत्तरदायी समझता है और तकलीफ़ के सही मुकाम पर उँगली रखना, उसके नज़दीक, उसके मानवीय फ़र्ज़ की अदायगी है। इसीलिए वह बार-बार उन आधारभूत मसलों की तरफ़ मुड़ता है, जो सहज ज़िन्दगी के रास्ते में रुकावट बन कर खड़े हैं—राजनीति, साम्प्रदायिकता, झूठ, फ़रेब, स्वार्थ, भ्रष्टाचार, सरमायेदारी, शोषण।

अपने इसी नैतिक उत्तरदायित्व को महसूस करके, मण्टो हर तरह की साम्प्रदायिकता और फ़िरकेवाराना प्रवृत्ति से ऊपर उठकर उस 'गलती' पर पूरे ज़ोर से आघात करता है, इसीलिए वह तथाकथित 'प्रगतिशील' लेखकों की जमात से कहीं ज़्यादा प्रगतिशील है। चूँकि वह किसी राजनीतिक दल या धार्मिक सम्प्रदाय से जुड़ा हुआ नहीं है इसीलिए वह चीज़ों को किसी पर्दे को आड़ से नहीं देखता और अपने अनुभवों तथा अपनी अनुभूतियों को सच के तीखेपन से खुली अभिव्यक्ति देता है। उसे यह डर नहीं है कि कल अगर मौजूदा समीकरण में कोई फेर-बदल हो तो उसे अपना बयान बदलने की ज़रूरत पड़ सकती है।

वह अपने अनुभवों और उनकी अभिव्यक्ति के सिलसिले में किसी तरह का दबाव कबूल करने के लिए तैयार नहीं है। वह 'पार्टी लाइन' के नुक्ते-नज़र से नहीं, वरन सहज मानवीय दृष्टि से हालात को परखता है और इसीलिए वह पूरी अज़ादी के साथ 'अपना बयान' लिपिबद्ध कर सकता है। उसे पार्टी लाइन की कोई फ़िक्र नहीं है क्योंकि वह जानता है कि आम आदमी के दुख-दर्द को 'पार्टी लाइनें' कई बार नज़र अन्दाज़ कर देती हैं, पार्टी की राह न तो ज़िन्दगी की राह है, न आम आदमी

के एहसासात की। उसे मालूम है कि पार्टी को राजनीतिक स्तर पर बहुत-से समझौते भी करने पड़ते हैं और अक्सर पार्टी का नज़रिया डाग्मैटिक हो जाता है। इसीलिए मण्टो आश्वस्त है कि जब तक वह आम आदमी की तकलीफ़ों का सहभागी बन कर उनका सच्चा और खरा चित्रण कर रहा है, और जनता के दुश्मनों की ओर इशारा कर रहा है। तब तक उसे प्रगतिशील कहलाने के लिए किसी बिल्ले या तमग़े की ज़रूरत नहीं है।

नीलाभ

अनुक्रम

1. मोमबत्ती के आँसू 9
2. तक़ी कातिब 11
3. वालिद साहिब 22
4. माहीगीर 30
5. इश्क़-ए-हक़ीक़ी 37
6. कुत्ते की दुआ 45
7. शेर आया, शेर आया, दौड़ना 51
8. भंगन 53
9. फ़ातो 58
10. कर्ज़ की पीते थे 63
11. बादशाहत का ख़ात्मा 68

मोमबत्ती के आँसू

ग़लीज़ ताक़ पर, जो शिकस्ता दीवार में बना था, मोमबत्ती सारी रात रोती रही थी।

मोम पिघल-पिघल कर कमरे के गीले फ़र्श पर ओस के ठिठुरे हुए धुँधले क़तरों के मानिन्द बिखर रहा था। नन्ही लाजो मोतियों का हार लेने पर ज़िद करने और रोने लगी तो उसकी माँ ने मोमबत्ती के उन जमे हुए आँसुओं को एक कच्चे धागे में पिरो कर उसको हार बना दिया। नन्ही लाजो उस हार को पहिन कर खुश हो गयी और तालियाँ बजाती हुई बाहर चली गयी।

रात आयी...मैल भरे ताक़चे में नयी मोमबत्ती रौशन हुई और उसकी कानी आँख उस कमरे की तारीक़ी देख कर एक लम्हे के लिए हैरत के बायस चमक उठी। मगर थोड़ी देर के बाद जब वह उस माहौल की आदी हो गयी तो उसने ख़ामोशी से टिकटिकी बाँधकर अपने गिर्द-ओ-पेश को देखना शुरू कर दिया।

नन्ही लाजो एक छोटी-सी खटिया पर पड़ी सो रही थी और ख़्वाब में अपनी सहेली बिन्दु से लड़ रही थी कि वह अपनी गुड़िया का ब्याह उसके गुड्डे से कभी नहीं करेगी। इसलिए कि वह बदसूरत है।

लाजो की माँ खिड़की के साथ लगी, ख़ामोश और नीम रौशन सड़क पर फैली हुई कीचड़ को हसरत भरी निगाहों से देख रही थी। खिड़की के उस तरफ़ लोहे के खम्भे पर एक लालटेन दिसम्बर की सर्दी में मज़बूर सन्तरी की तरह ऊँघ रही थी। सामने भटियारे की बन्द दुकान के बाहर चबूतरे पर अँगीठी में से कोयलों की चिंगारियाँ ज़िद्दी बच्चों की तरह मचल-मचल कर नीचे गिर रही थीं।

घण्टाघर ने गुनूदगी में बारह बजाये। बारह की आखरी पुकार दिसम्बर की सर्द रात में थोड़ी देर तक काँपती रही और फिर ख़ामोशी का लिहाफ़ ओढ़कर सो गयी...लाजो की माँ के कानों में नींद का बड़ा सुहाना पैग़ाम गुनगुनाया मगर उसकी अँतड़ियाँ उसके दिमाग़ तक कोई और ही बात पहुँचा चुकी थीं।

दफ़अतन सर्द हवा के झोंके से घुँघरुओं की मद्धिम झनझनाहट उसके कानों तक पहुँची। उसने ये आवाज़ अच्छी तरह सुनने के लिए कानों में अपनी बसारत की ताक़त भरना शुरू कर दी।

घुँघरू रात की ख़ामोशी में मरते हुए आदमी के हलक में अटके हुए साँस की तरह बजना शुरू हो गये। लाजो की माँ इत्मीनान से बैठ गयी। घोड़े की हिनहिनाहट ने रात की ख़ामोशी में इरतिआश पैदा कर दिया और एक ताँगा लालटेन के खम्भे की बगल में आ खड़ा हुआ। ताँगेवाला नीचे उतरा। घोड़े की पीठ पर थपकी दे कर उसने खिड़की की तरफ़ देखा...चिक उठी हुई थी और तख़्त पर एक धुँधला साया भी नज़र आ रहा था।

अपने खुरदरे कम्बल को जिस्म के गिर्द अच्छी तरह लपेट कर ताँगेवाले ने अपनी ज़ेब में हाथ डाला। साढ़े तीन रुपये का करियाना था। उसमें से उसने एक रुपया चार आने अपने पास रख लिये और बाकी पैसे ताँगे की अगली नशिस्त का गद्दा उठाकर नीचे छिपा दिये। ये काम करने के बाद वह कोठे की सीढ़ियों की तरफ़ बढ़ा।

लाजो की माँ चन्दो सुनयारी उठी और दरवाज़ा खोल दिया।

माधव ताँगेवाला अन्दर दाख़िल हुआ और दरवाज़े की ज़ंजीर चढ़ाकर उसने चन्दो सुनयारी को अपने साथ लपटा लिया।

“भगवान जानता है, मुझे तुझ से कितना प्रेम है...अगर जवानी में तुझसे मुलाक़ात होती तो यारों का ताँगा घोड़ा ज़रूर बिकता।” ये कहकर उसने एक रुपया उसकी हथेली में दबा दिया।

चन्दो सुनयारी ने पूछा, “बस?”

“ये ले...और।” माधव ने चाँदी की चवन्नी उसकी दूसरी हथेली पर जमा दी। “तेरी जान की क़सम। बस यही कुछ था मेरे पास।”

रात की सर्दी में घोड़ा बाज़ार में खड़ा हिनहिनाता रहा। लालटेन का खम्भा वैसे ही ऊँघता रहा।

सामने टूटे हुए पलँग पर माधव बेहोश लेटा था। उसकी बग़ल में चन्दो सुनयारी आँखें खोले पड़ी थी और पिघलते हुए मोम के उन क़तरों को देख रही थी जो गीले फ़र्श पर गिर कर छोटे दोनों की सूरत में जम रहे थे। वह एकाएकी दीवानावार उठी और लाजो की खटिया के पास बैठ गयी। नन्ही लाजो के सीने पर मोम के दाने धड़क रहे थे। चन्दो सुनयारी की धुँधली आँखों को ऐसा मालूम हुआ कि मोमबत्ती के उन जमे हुए क़तरों में उसकी नन्ही लाजो की जवानी के आँसू छिप कर बैठ गये। उसका काँपता हुआ हाथ बढ़ा और लाजो के गले से वो हार जुदा हो गया।

पिघले हुए मोम पर से मोमबत्ती का जलता हुआ धागा फिसल कर नीचे फ़र्श पर गिरा और उसकी आगोश में सो गया...कमरे में ख़ामोशी के अलावा अँधेरा भी छा गया।

तक़ी कातिब

'वली मुहम्मद' जब 'तक़ी' को पहली मरतबा दफ़्तर में लाया तो उसने मुझे, क़तअन मुतास्सिर न किया। लखनऊ और दिल्ली के जाहिल और ख़ुदसर कातिबों से मेरा जी जला हुआ था। एक था उसको जा-ओ-बे जा पेश डालने की बुरी आदत थी। मौत को मूत और सौत को सूत बना देता था। मैंने बहुत समझाया मगर वह न समझा। उसको अपने अहल-ए-ज़बान होने का बहुत ज़ोम था। मैंने जब भी उसको पेश के मामला में टोका उसने अपनी दाढ़ी को ताव देकर कहा "मैं अहल-ए-ज़बान हूँ साहब...इसके एलावा तीस सिपारों का हाफ़िज़ हूँ। एराब के मामला में आप मुझसे कुछ नहीं कह सकते।"

मैंने उसे और कुछ न कहा और रुख़सत कर दिया।

उसकी जगह एक दिल्ली के कातिब ने ली...और सब ठीक था मगर उसको एसलाह करने का ख़ब्त था, और एसलाह भी ऐसी कि मेरी आँखों मे ख़ून उतर आता था। कोई मज़मून था। मैंने उसमें यह लिखा, "उसके हाथों के तोते उड़ गये" उसने यह एसलाह फ़रमायी "उसके हाथ-पाँव के तोते उड़ गये।"

मैंने उसका मज़ाक़ उड़ाया तो वह ख़ालिस देहलवी लब-ओ-लहज़ा में बड़बड़ाता मुलाज़मत से अलाहदा हो गया।

रामपुर का एक कातिब था। बहुत ही खुशख़त मगर उसको एख़्तिसार के दौरे पड़ते थे। सतरें की सतरें और पैरे के पैरे ग़ायब करता था। जब उसको पूरा सफ़हा दोबारा लिखने को कहता तो वह दवाब देता, "इतनी मेहनत मुझसे न होगी साहब—पोट में लिख दूँगा।"

पोट में लिखवाना मुझे सख़्त नापसन्द था चुनांचे यह रामपुरी कातिब भी ज़्यादा दिन दफ़्तर में न टिक सके।

वली मुहम्मद हेड कातिब जब 'तक़ी' को पहली मरतबा दफ़्तर में लाया तो उसने मुझे क़तअन मुतास्सिर न किया। ख़त का नूमना देखा। ख़ास अच्छा नहीं था। दायरों में पुख़्तगी नहीं थी। मैं गुँजान लिखायी का क़ायल हूँ। वह छिदरा लिखता था। कम उम्र था। अन्दाज़-ए-गुफ़्तगू में अजीब क़िस्म की बौखलाहट थी

बात करते वक़्त उसका एक बाज़ू हिलता रहता था। जैसे क्लॉक का पैण्डुलम। रंग सफ़ेद था। बालाई होंट पर भूरे-भूरे महीन बाल थे। ऐसा मालूम होता था कि उसने खुद किताबत की स्याही से यह हल्की-हल्की मूँछें बनाई हैं।

मैंने उसे चन्द रोज़ के लिए रखा। मगर उसने अपनी शराफ़त, मेहनत और ताबेदारी से दफ़्तर में अपने लिए मुसतकिल जगह पैदा कर ली। वली मुहम्मद से मेरे तालुकात बहुत बेतक़ल्लुफ़ थे। जिन्सयात के मुताल्लिक़ अपनी मालूमात में एज़ाफ़ा करने के लिए वह अक्सर मुझसे गुफ़्तगू किया करता था, उस दौरान में मुहम्मद तक़ी ख़ामोश रहता। औरत और मर्द के जिन्सी ताल्लुक का ज़िक्र खुले अल्फ़ाज़ में आता तो उसके कान की लवें सुर्ख़ हो जातीं। वली मुहम्मद जो कि शादीशुदा था उसको ख़ालिस पंजाबी अन्दाज़ में छेड़ता।

"मंटो साहब इसका मुर्दा ख़राब हो रहा है इससे कहिये कि शादी कर ले... जब भी कोई फ़िल्म देख कर आता है सारी रात करवटें बदलता रहता है।"

'तक़ी' आम तौर पर झेंपते हुए कहता, "मंटो साहब झूठ बोलता है।"

वली मुहम्मद की स्याह नुकीली मूँछें थिरकने लगतीं—"और यह भी झूठ है मंटो साहब कि यह चाली (बिल्डिंग) की बेहूदी छोकरियों की नंगी टाँगे देख कर उनकी नक़्शा कशी—किया करता है।"

'तक़ी' की नाक की चोंच पर पसीने के क़तरे नमूदार हो जाते, "मैं तो...मैं तो ड्राइंग सीख रहा हूँ।"

वली मुहम्मद उसे और छेड़ता, "ड्राइंग चेहरे की सीखो...यह किस ड्राइंग मास्टर ने तुमसे कहा कि पहले नंगी टाँगों से शुरू करो।"

मुहम्मद 'तकी' क़रीब-क़रीब रो देता चुनांचे मैं वली मुहम्मद को मना करता कि वह उसे न छेड़ा करे। इस पर वली मुहम्मद कहता, "मंटो साहब, मैं इसके वालिद साहब से कह चुका हूँ, आपसे भी कहता हूँ कि इस लौण्डे की शादी करा दीजिए वरना इसका मुर्दा बिलकुल ख़राब हो जायेगा।"

मुहम्मद तक़ी के बाप से मेरी मुलाक़ात हुई। दाढ़ी वाले बुजुर्ग थे। नमाज़-रोज़े के पाबन्द। माथे पर महराब। झंडी बाज़ार में वली मुहम्मद की शिराक़त में घी की एक छोटी-सी दुकान करते थे। मुहम्मद तक़ी से उनको बहुत मुहब्बत थी। बातें करते हुए आपने मुझसे कहा, "तक़ी दो बरस का था कि उसकी वालदा का इन्तेक़ाल हो गया...ख़ुदा उसको ग़रीक़-ए-रहमत करे। बहुत ही नेक बीवी थी। मंटो साहब यक़ीन जानिए उसकी मौत के बाद अज़ीज़ों और दोस्तों ने बहुत ज़ोर दिया कि मैं दूसरी शादी कर लूँ मगर मुझे तक़ी का ख़याल था। मैंने सोचा, हो सकता है कि मैं उसकी तरफ़ से ग़ाफ़िल हो जाऊँ। चुनानचह दूसरी शादी के ख़याल को मैंने अपने क़रीब तक न आने दिया और उसकी परवरिश ख़ुद अपने हाथों से की। अल्लाह का बड़ा फ़ज़्ल-ओ-करम है कि उसने मुझ गुनहगार को

सुर्ख़रु किया। ख़ुदा उसको ज़िन्दगी और नेकी की हिदायत दे।"

मुहम्मद तक़ी अपने बाप के इस ईसार की हमेशा तारीफ़ किया करता, "बहुत कम बाप इतनी बड़ी कुरबानी कर सकते हैं। अब्बा जवान थे। अच्छा खाते थे। चाहते तो चुटकियों में उनको अच्छी-से-अच्छी बीवी मिल जाती, लेकिन मेरी ख़ातिर उन्होंने तज़र्रूद की ज़िन्दगी बसर की। इतनी मुहब्बत और इतने प्यार से मेरी परवरिश की कि मुझे माँ की कमी महसूस ही न होने दी।"

वली मुहम्मद भी तक़ी के बाप का मोतरिफ़ था। मगर उसे सिर्फ़ यह शिकायत थी कि मौलाना ज़रा सनकी है। "मंटो साहब आदमी बहुत अच्छा है कारोबार में सोलह आने खरा है...'तक़ी' से बहुत प्यार करता है...लेकिन यह प्यार...मैं अब अपने एहसासात किन अल्फ़ाज़ में पेश करूँ...उसका प्यार हद से बढ़ा हुआ है...यानी वह इस तरह प्यार करता है जिस तरह कोई हासिद आशिक अपने माशूक से करता है।"

मैंने वली मुहम्मद से पूछा, "तुम्हारा मतलब?"

वली मुहम्मद ने अपनी मूँछों की नोंकें दुरुस्त कीं, "मतलब-वतलब मैं नहीं समझा सकता। आप ख़ुद समझ लीजिए।"

मैंने मुस्कुरा कर कहा, "भाई तुम ज़रा वज़ाहत से काम लो, तो मैं समझ जाऊँगा।"

वली मुहम्मद ने सुर्ख़ियाँ लिखने वाले कलम को कपड़े के चीथड़े से साफ़ करते हुए कहा, "मौलाना सनकी हैं...मुझे मालूम नहीं क्यों। 'तक़ी' कहता है कि पहले उनके प्यार और उनकी शफ़क़्त का यह रंग नहीं था जो अब है...यानी पिछले चन्द बरसों से आपने अपने फ़रज़िंद अरजुमंद से पूछ-गछ का लामतनाही सिलसिला शुरू कर रखा है...'लामतनाही' ठीक इस्तेमाल हुआ है न मंटो साहब?"

"ठीक इस्तेमाल हुआ है...हाँ यह पूछ-गछ का सिलसिला क्या है?"

"यही तुम रात को देर से क्यों आये?...सफ़ेद गली में क्या करने गये थे? वह यहूदन तुमसे क्या बात कर रही थी?...इतने फ़िल्म क्यों देखते हो...पिछले हफ़्ते तुमने किताबत की उजरत में से चार आने कहाँ रखे?...वली मुहम्मद से तुम बाई कल्ला के पुल पर बैठे क्या बातें कर रहे थे? क्या वह तुम्हें बरग़ला तो नहीं रहा था कि शादी कर लो?"

मैंने वली मुहम्मद से पूछा, "बरग़लाना क्या हुआ?"

"मालूम नहीं...लेकिन मौलाना समझते हैं कि 'तक़ी' का हर दोस्त उसे शादी के लिए बरग़लाता है...मैं उसको बरग़लाता तो नहीं लेकिन यह ज़रूर कहता हूँ और अक्सर कहता हूँ कि जान-ए-मन शादी कर लो, वरना तुम्हारा मुर्दा ख़राब हो जायेगा...और मंटो साहब मैं आपको ख़ुदा की क़सम खा कर कहता हूँ कि लड़के को एक अदद बीवी की अशद ज़रूरत है।"

चार-पाँच बरस गुज़र चुके थे। मुहम्मद तक़ी की मूँछों के भूरे बाल अब महीन नहीं थे हर रोज़ दाढ़ी मूँड़ता था। टेढ़ी माँग भी निकालता था और दफ़्तर में जब जिन्सयात के मुताल्लिक़ गुफ़्तगू छिड़ती तो वह क़लम दाँतों में दबा कर ग़ौर से सुनता। औरत और मर्द के जिन्सी ताल्लुक का ज़िक्र खुले अल्फ़ाज़ में होता तो उसके कानों की लवें सुर्ख़ न होतीं...मुहम्मद तक़ी को बीवी की ज़रूरत हो सकती थी।

एक दिन जबकि और कोई दफ़्तर में नहीं था और अकेला तक़ी तख़्त पर दीवार के साथ पीठ लगाये परचे की आख़री कॉपी मुकम्मल कर रहा था। मैंने उसके ख़द-ओ-ख़ाल का ग़ौर से मुआयना करते हुए पूछा, "तक़ी तुम शादी क्यों नहीं करते?"

सवाल अचानक किया गया था। 'तक़ी' चौंक पड़ा, "जी?"

"मेरा ख़याल है तुम शादी कर लो।"

'तक़ी' ने क़लम कान में अड़सा और किसी क़दर शरमा कर कहा, "मैंने अब्बा से बात की है।"

"क्या कहा उन्होंने?"

'तक़ी' तफ़सील से कुछ कहना चाहता था। मगर न कहा सका, "जी वह... कुछ नहीं...वह कहते हैं अभी इतनी जल्दी क्या है?"

"तुम्हारा क्या ख़याल है?"

"जो उनका है।"

इस जवाब के बाद गुफ़्तगू का सिलसिला मुंकता हो गया। 'तक़ी' ने परचे की आख़री कॉपी मुकम्मल की और उसे जोड़ कर चला गया।

चन्द दिन के बाद 'वली' मुहम्मद ने 'तक़ी' की मौजूदगी में मुझसे कहा... मंटो साहब...कल बड़ा लफ़ड़ा हुआ..."मौलाना" और 'तक़ी' में धीं-पिटास होते-होते रह गयी।

वली मुहम्मद यूँ तो उर्दू बोलता था। लेकिन पंजाबी और बम्बई की उर्दू के कई अल्फ़ाज़ मज़ाह पैदा करने के लिए इस्तेमाल करने का आदी था।

'तक़ी' ने उसकी बात सुनी और ख़ामोश रहा।

वली मुहम्मद ने अपनी थिरकती हुई मूँछों को आँखों का ज़ाबिया बदल कर देखा, फिर उस जाविये को बदल कर उसने 'तकी' की तरफ़ देखा और मुझसे कहा, 'लड़के को एक अदद बीवी की अशद ज़रूरत है लेकिन बाप इस ज़रूरत को मानता ही नहीं...उसने बहुत समझाया। मंटो साहब। मगर मौलाना ने एक न सुनी...मंटो साहब यह क्या मुहावरा है एक न सुनी...मौलाना ने सुनी तो हज़ार थीं। लेकिन अनसुनी कर दी...ये मुहावरे भी ख़ूब चीज़ है।...और मौलाना भी... अपने वक़्त के एक लाजवाब मुहावरे हैं।'

'तक़ी' भन्ना कर मुझसे मुख़ातिब हुआ, "मंटो साहब उससे कहिए ख़ामोश रहे।"

वली मुहम्मद बोला, "मंटो साहब उससे कहिए कि मौलाना के सामने ख़ामोश रहा करे...वह शादी की इज़ाज़त नहीं देते। ठीक है।...बाप हैं वह उसका नफ़ा-नुक़सान सोच सकते हैं।"

बाप बेटे की चख़ ज़रूर हुई थी। 'तक़ी' ने मौलाना से दरख़्वास्त की थी कि वह उसकी शादी किसी अच्छे घराने में कर दें। यह सुन कर वह चिढ़ गये और 'तक़ी' के दोस्तों पर बरसने लगे, "तुम्हारे दोस्तों ने तुम्हारी जड़ों में पानी फेर दिया है...जब मैं तुम्हारी उम्र का था, मुझे मालूम ही नहीं था कि शादी-ब्याह किस जानवर का नाम है?"

यह सुन कर तक़ी ने डरते-डरते कहा, "लेकिन...आपकी शादी तो चौदह बरस की उम्र में हुई थी।"

मौलाना ने उसे डाँटा, "तुम्हें क्या मालूम है?"

'तक़ी' ख़ामोश हो गया...वह बहुत ही कम-गो और फ़रमाबर्दार क़िस्म का लड़का था। दो-चार मरतबा उसने बेतकल्लुफ़ गुफ़्तगू की और उसके खुलने का मौक़ा दिया तो मुझे मालूम हुआ कि उसको बीवी की वक़्तन ज़रूरत है। उसने मुझसे एक रोज़ झेंपते हुए कहा, "मेरे ख़यालात आजकल बहुत परागंदा रहते हैं। वली मुहम्मद शादी-शुदा है वह जब अपनी बीवी के साथ बाहर जाता है तो मेरे दिल को जाने क्या होता है...आपने एक दफ़ा एहसास-ए-कमतरी के मुताल्लिक़ बातें की थीं...मुझे ऐसा महसूस होता है कि मैं अनक़रीब इसका शिकार होने वाला हूँ। मगर क्या करूँ। अब्बा मानते ही नहीं। मैं शादी की बात करता हूँ तो वह चिढ़ जाते हैं...जैसे...जैसे शादी करना कोई गुनाह है...वह अपनी मिसाल देते हैं कि देखो तुम्हारी माँ के मरने के बाद अब तक मैंने शादी नहीं की...लेकिन मंटो साहब...इस मिसाल का मेरे साथ क्या ताल्लुक है...उन्होंने शादी की अल्लाह को यह मंजूर नहीं था कि उनकी बीवी ज़िन्दा रहती। उन्होंने बहुत बड़ी कुरबानी की जो मेरी ख़ातिर दूसरी शादी न की...लेकिन वह चाहते है कि मैं कुँवारा ही रहूँ।"

मैंने पूछा, "क्यों?"

तक़ी ने जवाब दिया, "मालूम नहीं मंटो साहब...वह मेरी शादी के बारे में कुछ सुनने के लिए तैयार ही नहीं...मैं उनकी बहुत इ़ज़्ज़त करता हूँ। लेकिन कल बातों-बातों में जज़बात मगलूब हो कर मैं गुस्ताख़ी कर बैठा।"

"क्या?"

'तक़ी' ने इन्तेहाई निदामत के साथ कहा, "मैं मिन्नत समाजत करते-करते और समझते-समझते तंग आ गया था...कल जब उन्होंने मुझसे कहा कि वह मेरी शादी के मुताल्लिक़ कुछ सुनने को तैयार नहीं तो मैंने गुस्से में आकर उनसे यह

कह दिया...आप नहीं सुनेंगे तो मैं अपनी शादी का बन्दोबस्त ख़ुद कर लूँगा।"

मैंने उससे पूछा, "यह सुन कर उन्होंने क्या कहा?"

"अभी-अभी घर से निकल जाओ...चुनांचे कल रात मैं यहाँ दफ़्तर ही में सोया।"

मैंने शाम को वली मुहम्मद के ज़रिये से मौलाना को बुलवाया...चन्द जज़्बाती बातें हुईं तो उन्होंने तक़ी को गले लगा कर रोना शुरू कर दिया। फिर शिकवे होने लगे, "मुझे मालूम नहीं होता कि यह लड़का जिसकी ख़ातिर मैंने तजर्रूद बर्दाश्त किया एक रोज़ मेरे साथ ऐसी गुस्ताख़ी से पेश आयेगा। मैंने माँओं की तरह उसे पाला पोसा आप सूखी खायी पर उसके लिए खुद अपने हाथों घी में गूँध-गूँध कर पराठे पकाए... ।"

मैंने बात काट कर कहा, "मौलाना यह कब आपके उन एहसानात को नहीं मानता। आपकी तमाम कुरबानियाँ उसके दिल-ओ-दिमाग़ पर नक़्श हैं। आपने इतना कुछ किया। क्या आप उसकी शादी नहीं कर सकते। माँ-बाप की तो सबसे बड़ी ख़्वाहिश यह होती है कि वह अपनी औलाद को फलता-फूलता देखे। आपके घर में बहू आयेगी। बाल-बच्चे होंगे। दादा जान बन कर आपको पुर फ़ख़्र मसर्रत न होगी?...मेरा ख़याल है, तक़ी को ग़लतफ़हमी हुई है कि आप शादी के ख़िलाफ़ हैं।"

मौलाना लाजवाब हो गये। रूमाल से अपनी आँखें खुश्क करने लगे। थोड़े तवक़्क़ुफ़ के बाद बोले, "पर कोई ऐसा रिश्ता तो हो..."

"आप हाँ कर दीजिए सब ठीक हो जायेगा।"

वली मुहम्मद ने यह कुछ ऐसे अन्दाज़ में कहा, "चलिए अँगूठा लगाइए।" मौलाना बिदक गये, "लेकिन ऐसी जल्दी भी क्या है?"

इस पर मैंने बुजुर्गों का अन्दाज़ इख़्तियार करते हुए कहा। कार-ए-ख़ैर में देर नहीं होनी चाहिए...आप औरों को छोड़िए, ख़ुद अपनी पसन्द का रिश्ता ढूँढिए...माशाअ अल्लाह डोंगरी में सब लोग आपको जानते हैं...यहाँ बम्बई में पसन्द न हो तो अपने पंजाब में सही। कौन सा काले कोसों दूर है।"

मौलाना ने सिर हिला कर सिर्फ़ इतना कहा, "जी हाँ।"

मैंने तक़ी के कान्धे पर हाथ रखा, "लो भई तक़ी...फ़ैसला हो गया। मौलाना को तुम ज़िद्दी बच्चों की तरह अब तंग न करना...मैं खुद इस मामले में उनकी मदद करूँगा।" यह कह कर मैं मौलाना से मुख़ातिब हुआ, "यहाँ कुछ ख़ानदान हैं। उनसे मेरी जान-पहचान है। मैं अपनी बीवी से कहूँगा वह लड़कियाँ देख लेगी।"

तक़ी ने हौले से कहा, "आपकी बहुत मेहरबानी।"

कई महीने गुज़र गये मगर तक़ी की शादी की बात-चीत कहीं भी शुरू न

हुई। वली मुहम्मद इस दौरान में उसे बराबर उकसाता रहा। वह अपने बाप के पीछे पड़ा। नतीजा यह हुआ कि एक रोज़ मौलाना मेरे पास आये और कहा "सागंली स्ट्रीट की तीसरी गली में नुक्कड़ की बिल्डिंग में...शायद आप जानते ही हों...यू.पी. का एक ख़ानदान रहता है..."

मैंने फ़ौरन कहा, "आप कहिए...मैं जानता हूँ।"

मौलाना ने पूछा, "कैसे लोग है?"

"बेहद शरीफ़"

"जो सबसे बड़ा भाई है। उसकी बड़ी लड़की मैंने सुना है ख़ासी अच्छी है।"

"मैं पैग़ाम भिजवा देता हूँ।"

मौलाना घबरा गये, "नहीं-नहीं...इतनी जल्दी नहीं...यह भी तो देखना है कि लड़की शक्ल-ओ-सूरत की कैसी है?"

"मैं अपनी बीवी के ज़रिया से मालूम कर लूँगा।"

मेरी बीवी ने उस लड़की को देखा तो पसन्द किया। कुबूल सूरत थी। तालीम इण्ट्रेंस तक थी। तबियत की बहुत ही अच्छी थी। ये सब ख़ूबियाँ मौलाना से बयान कर दी गयीं। वह लड़की के बाप से मिले। जहेज़ और हक़ महर के मुताल्लिक़ बात-चीत की। ये इब्तिदाई मराहिल बख़ैर-ओ-ख़ूबी तय हो गये। 'तक़ी' बहुत ख़ुश था। लेकिन तीन महीने गुज़र गये और बात वहीं की वहीं रही। आख़िर एक रोज़ मालूम हुआ कि लड़की वालों ने मज़ीद गुफ़्तगू से इंकार कर दिया है क्योंकि वह तक़ी के बाप की मीन-मेख़ से तंग आ चुके हैं। बार-बार वह उनसे जा-जा कर यह कहता था, 'देखिये लड़की के जहेज़ में इतने जोड़े हों, बर्तनों की तादाद यह हो। लड़की ने अगर अदूल हुक्मी की तो उसकी सज़ा तलाक़ होगी। फ़िल्म देखने हरगिज़ न जायेगी। पर्दे में रहेगी।'

मैंने जब इन बेज़ा बातों का ज़िक्र तक़ी से किया तो वह अपने बाप की तरफ़ हो गया। "नहीं मंटो साहब लड़की वाले ठीक नहीं। अब्बा का यह कहना ठीक है कि वह मुझे ज़न मुरीद बनाना चाहते हैं।"

मैंने कहा, "ऐसा है तो छोड़ो...किसी और जगह सही।"

'तक़ी' ने कहा, "अब्बा कोशिश कर रहे हैं।"

मौलाना ने डोंगरी में अपने एक वाक़िफ़ कार के ज़रिये से बात-चीत शुरू की, सब कुछ तय हो गया। निकाह की तारीख भी मुकर्रर हो गयी। मगर एक़दम कुछ हुआ और सब कुछ ढह गया...लड़की वालों को तक़ी पसन्द था, लेकिन जब मौलाना से अच्छी तरह मिलने-जुलने का इत्तफ़ाक़ हुआ तो वह पीछे हट गये। और लड़की का रिश्ता किसी और जगह पक्का कर दिया। 'तक़ी' ने फिर अपने बाप की तरफ़दारी की और मुझसे कहा, "यह लोग बड़े लालची थे मंटो साहब...एक दौलतमन्द का लड़का मिल गया तो अपनी बात से फिर गये।...

अब्बा शुरू ही से कहते थे कि यह लोग मुझे ईमानदार मालूम नहीं होते। लेकिन मैं ख़्वाम-ख़्वाह उनके पीछे पड़ा रहा कि जल्दी मामला तय कीजिए।"

कुछ अर्से के बाद तीसरी जगह कोशिश शुरू हुई। यहाँ भी नतीजा सिफ़र। चौथी जगह बातचीत शुरू हुई तो तक़ी ने मुझसे कहा, "मंटो साहब, वह लोग आपसे मिलना चाहते हैं।"

"बड़े शौक़ से मिलें।"

मैं उनसे मिला। आदमी शरीफ़ थे। मौलाना से उनकी चन्द मुख़्तसर बातें हुईं। मैंने तक़ी की तारीफ़ की। मामला तय हो गया। लेकिन चन्द ही दिनों में गड़बड़ पैदा हो गयी। लड़की के बड़े भाई ने किसी से सुना कि मौलाना दुकान पर अपने एक दोस्त से कह रहे थे, "लड़की मेरे कहने पर न चली, मैं तक़ी की दूसरी शादी कर दूँगा"। वह यह सुन कर मेरे पास आया। मैंने मौलाना को बुलवाया। उनसे पूछा तो दाढ़ी पर हाथ फेर कर कहने लगे, "मैंने क्या बुरा कहा...मैं ऐसी बहू घर में नहीं लाना चाहता जो मेरा कहा न माने...मैं तक़ी की शादी इसलिए कर रहा हूँ कि मुझे आराम पहुँचे।"

अजीब-ओ-ग़रीब मन्तक थी। मैंने पूछा, "आप को आराम ज़रूर पहुँचना चाहिए। मगर आपकी यह मन्तक मेरी समझ में नहीं आयी...ऐसा मालूम होता है कि ख़ाविन्द और बीवी का रिश्ता आपकी समझ में बालातर है।"

मौलाना ने किसी क़दर ख़फ़्गी के साथ कहा, "मैं ख़ाविन्द रह चुका हूँ मंटो साहब...आपके ख़यालात मेरे ख़यालात से बहुत मुख़्तलिफ़ हैं...आपके साथ काम करके, मुझे अफ़सोस है, मेरे लड़के के ख़यालात भी बदल गये हैं।" यह कह कर वह तक़ी से मुख़ातिब हुए "सुना तुमने...मैं ऐसी लड़की घर में लाना चाहता हूँ जो मेरी और तुम्हारी ख़िदमत करे।"

इसके बाद देर तक बातें होती रहीं। उनसे जो मैंने नतीजा निकाला वह मैंने तक़ी को बता दिया। "देखो भई...बात यह है कि तुम्हारे वालिद साहब तुम्हारी शादी नहीं करना चाहते।...यही वजह है कि वह हर बार कोई न कोई शोशा छेड़ देते हैं। कोई न कोई बहाना ढूँढ़ निकालते हैं। ताकि मामला आगे न बढ़ने पाये।"

मौलाना खामोश अपनी दाढ़ी पर हाथ फेरते रहे। तक़ी ने मुझसे पूछा "क्यों...यह मेरी शादी क्यों नहीं करना चाहते?"

मेरे मुँह से बेइख़्तियार निकल गया, "मौलाना का दिमाग़ ख़राब है।"

मौलाना को इस क़दर तैश आया कि मुँह में झाग भर कर वाही-तबाही बकने लगे। मैंने 'तक़ी' से कहा, "जाओ, मौलाना को किसी ज़हनी शफ़ाख़ाना में ले जाओ...और मेरी यह बात याद रखो। जब तक उनका दिमाग़ दुरुस्त नहीं होगा। तुम्हारी शादी हरगिज़-हरगिज़ नहीं करेंगे। उनके दिमाग़ की ख़राबी का बायस वह कुरबानी है जो उन्होंने तुम्हारे लिए की।"

मौलाना ने 'तक़ी' का बाज़ू ज़ोर से पकड़ा और मुझे सलवातें सुनाते चले गये। वली मुहम्मद मेरे पास बैठा सब कुछ ख़ामोशी से सुन रहा था। इतनी देर तक अपनी नुकीली मूँछों के मौजूद होने से बिलकुल ग़ाफ़िल रहा। जब मौलाना और 'तक़ी' चले गये तो उसने आँखों का ज़ाविया दुरुस्त करके उनकी तरफ़ देखा और कहा, "मुर्दा ख़राब हो रहा है बेचारे का...लेकिन मंटो साहब आपने बावन तोला और पाव रत्ती की बात कही...मुहावरा दुरूस्त इस्तेमाल हुआ है न?"

"तुमने मुहावरा दुरुस्त इस्तेमाल किया है। लेकिन अफ़सोस है कि मौलाना की तबियत साफ़ करते हुए मैंने मुनासिब-ओ-मौजूँ अल्फ़ाज़ इस्तेमाल न किए।"

"बड़ा मलऊन आदमी है जी।" वली मुहम्मद ने यह कह कर अपनी मूँछ का हटेला बाल ज़ोर से उखाड़ा और बड़ी संजीदगी इख़्तियार करके मुझसे पूछा, "मंटो साहब क्या मतलब था आपका उससे कि मौलाना के दिमाग़ की ख़राबी का बायस वह कुरबानी है जो उसने तक़ी के लिए की। बात ज़रूर बावन तोला और पाव रत्ती की है लेकिन पूरी तरह मेरे ज़ेहन में बैठी नहीं।"

मैंने उसको समझाया, "बीवी की मौत के बाद एक वक़्ती जज़्बा था जिसके तहत मौलाना ने तजर्रूद के दिन गुज़ारने का तहय्या किया। यह जज़्बा अपनी तबयी मौत मरा तो आपके लिए दो सोग हो गये, एक बीवी की मौत का, दूसरा उस जज़्बे की मौत का...वक़्त गुज़रता गया। और मौलाना नीम के करेले बनते गये...मुझे तो भई वली मुहम्मद बहुत तरस आता है ग़रीब पर...एक शख़्स ने पचीस बरस तक अपने और औरत के दरमियान एक दीवार हायल रखी हो। वह किस तरह अपने जवान बेटे के पहलू में एक जवान औरत देख सकता है...और वह भी नज़रों के बहुत क़रीब।"

दूसरे दिन तक़ी न आया। वली मुहम्मद के हाथ उसने किताबत का बिल भिजवा दिया जो अदा कर दिया गया...'तक़ी' को बहुत अफ़सोस था कि मैंने उसके बाप को बुरा भला कहा। मैंने वली मुहम्मद से कह दिया, "मुझे कोई अफ़सोस नहीं...तक़ी को मालूम होना चाहिए था कि उसका बाप ज़हनी और रूहानी तौर पर बीमार है। लेकिन मुझे यह अफ़सोस ज़रूर है कि उसने काम छोड़ दिया है।"

वली मुहम्मद ने तक़ी से वापस आने को कहा। मगर वह न माना। उसने किसी और दफ़्तर में मुलाज़मत न की और दुकान पर बैठ कर घी बेचने लगा। वली महुम्मद ने जब ज़ोर दिया तो उसने वहीं किताबत का काम भी शुरू कर दिया।

मैं एक काम से दिल्ली चला गया। तीन-चार महीने वहाँ रह कर बम्बई लौटा तो वली मुहम्मद ने प्लेटफार्म ही पर यह ख़बर सुनाई कि 'तक़ी' की शादी एक हफ़्ता पहले बख़ैर-ओ-ख़ूबी हो चुकी है। मुझे यक़ीन न आया लेकिन वली मुहम्मद

ने क़ुरआन की क़सम खा कर कहा, "मंटो साहब, मैं झूठ नहीं कहता...निकाह के छुवारे मैंने सँभाल कर रखे हुए हैं। जिसकी शादी न होती हो। उसके लिए अकसीर साबित होंगे।"

मैंने तक़ी को बुलाया, मगर वह न आया।

तक़रीबन डेढ़ महीने के बाद एक दिन अलस्सुबह वली मुहम्मद आया। उसकी नुकीली मूँछे थिरक रही थीं। कहने लगा, "मंटो साहब कल घीं पिटास हो गयी बाप-बेटे में...'तक़ी' अपनी बीवी को ले कर चला गया कहीं।"

"कहाँ?"

"मालूम नहीं", यह कह कर आँखों का ज़ाविया बदल कर वली मुहम्मद ने अपनी नुकीली मूँछों को देखा, "कुछ समझ में नहीं आता मंटो साहब...लड़ाई का बायस मालूम नहीं हो सका...मौलाना बिलकुल ख़ामोश हैं..."

मौलाना बहुत देर तक ख़ामोश रहे और उनका बेटा मुहम्मद तक़ी भी। बम्बई में वली मुहम्मद और उसके साथियों ने 'तक़ी' को बहुत तलाश किया। मगर उसका कोई सुराग़ न मिला।

बहुत दिनों बाद दिल्ली से मुझे 'तक़ी' का एक ख़त वसूल हुआ। लिखा था... "बहुत दिनों से सोच रहा था कि आपको ख़त लिखूँ और हालात से आगाह करूँ। मगर जुरअत साथ न देती थी...मैं आपसे दरख़्वास्त करता हूँ कि यह ख़त किसी और को न दिखाइएगा।

आपने मेरे वालिद के मुताल्लिक़ जो कुछ कहा था ठीक निकला। मैंने आपकी बातों का बुरा न माना था। इसलिए कि मुझे असलियत का इल्म नहीं था जो मुझे शादी के बाद तो क़तअन उनकी दिमाग़ी हालत दुरुस्त न थी। उनकी यही कोशिश थी कि मैं अपनी बीवी से दूर रहूँ। मुझमें और उसमें दूरी पैदा करने के लिए वह अजीब-ओ-ग़रीब तरीके ईजाद करते थे। जो एक दीवाना ही कर सकता है। मैंने बहुत देर तक बर्दाश्त किया...मुझे तमाम वाक़यात बयान करते हुए बहुत शर्म महसूस होती है...एक रोज़ मेरी बीवी गुसलख़ाने में नहा रही थी। आपने दरवाज़े में से झाँकना शुरू कर दिया...मैं और क्या लिखूँ...समझ में नहीं आता। उनके दिमाग़ को क्या हो गया है। ख़ुदा उनकी हालत पर रहम करे।"

"मैं यहाँ दिल्ली में हूँ और बहुत खुश हूँ।"

मैं यह ख़त पढ़ रहा था कि वली मुहम्मद आया। उसके पास तक़ी का एक ख़त था। मेरी तरफ़ बढ़ा कर उसने कहा "यह ख़त तक़ी ने देहली से अपने बाप को लिखा है...सिर्फ़ चन्द अल्फ़ाज़ हैं।"

मैंने पूछा "क्या?"

वली मुहम्मद ने कहा "पढ़ लीजिए।"

मैंने ये अल्फ़ाज़ पढ़े "किबला वालिद साहब...मैं यहाँ ख़ैरियत से हूँ...आपने

मेरा घर आबाद किया है...मेरी ख़्वाहिश है कि आप भी अपना घर आबाद कर लें..."

...वली मुहम्मद ने आँखों का ज़ाविया बदल कर अपनी नुकीली मूँछों को देखा और कहा, "मंटो साहब...लड़का होशियार हो गया है...लेकिन मौलाना तो अपनी बात पक्की कर चुके हैं।"

"कहाँ"

वली मुहम्मद की मूँछें थिरकीं, "एक घी बेचने वाली से...पाँचों घी में और सिर कढ़ोह में...मुहावरा ठीक इस्तेमाल किया है न मंटो साहब।"

मैं हँस पड़ा।

1 जून सन् 1950 ई.

वालिद साहिब

'तौफ़ीक़' जब शाम को क्लब में आया तो परेशान सा था।

दो रबर हारने के बाद उसने 'जमील' से कहा, "लो भई मैं चला।"

'जमील' ने तौफ़ीक़ के गोरे चिट्टे चेहरे की तरफ़ ग़ौर से देखा और कहा "इतनी जल्दी?"

रियाज़ ने ताश की गड्डी के दो हिस्से करके उन्हें बड़े माहिराना अन्दाज़ में फेंटना शुरू किया। उसकी निगाहें ताश के फड़फड़ाते पत्तों पर थीं। लेकिन रूए-सुखन तौफ़ीक़ की तरफ़ था। "तौफ़ी, आज तुम परेशान हो...ख़िलाफ़-ए-मामूल ऊपर तले दो रबर हारे हो...ऐसा मालूम होता है कि आज शाम को अस्पताल में नर्स मारर्गट ने तुम्हारे रोमांस को पोटैशियम ब्रोमाइड पिला दिया।"

जमील ने एक बार फिर ग़ौर से तौफ़ीक़ के चेहरे की तरफ़ देखा। "क्यों 'तौफ़ी' आज टेम्प्रेचर कैसा रहा?"

नसीर अपनी कुर्सी पर से उठा। तौफ़ीक़ की उँगलियों में फँसा हुआ सिगरेट निकाला। और ज़ोर का कश ले कर कहने लगा, "सब बकवास है...तौफ़ी ने आज तक जितने रोमांस लड़ाए हैं। सब बकवास थे...यह नर्स मारर्गट का क़िस्सा तो बिलकुल मनगढ़न्त है...मरी की ठण्डी हवाओं से यहाँ लाहौर की गर्मियों में आने के बायस इसे सरसाम हो गया है।"

तौफ़ीक़ उठ खड़ा हुआ, "बको नहीं।"

नसीर हँसा, "अगर नहीं हुआ तो आजकल में हो जायेगा...बताओ तुम्हारे अब्बा कब तक अस्पताल में रहेंगे।" यह कह कर वह तोफ़ीक की कुर्सी पर बैठ गया।

तौफ़ीक़ ने अपने कलफ़ लगे मलमल के कुर्ते की ढीली आस्तीनों को ऊपर चढ़ाया और जमील के कन्धे पर हाथ रख कर कहा, "चलो चलें...मेरी तबियत यहाँ घबरा रही है।"

जमील उठा, "भई तोफ़ी, तुम कोई बात छुपा रहे हो...ज़रूर कोई गड़बड़ हुई है।"

"गड़बड़ कुछ नहीं...'नसीर' की बकवास से कौन है जिसकी तबियत नहीं

घबराती।" 'तौफ़ीक़' ने जेब से बाजा निकाला और मुँह के साथ लगाकर बजाना शुरू कर दिया।

नसीर ने अपनी टाँगे मेज़ पर फैला दीं और ज़ोर से कहा, "बकवास है...सब बकवास है...यह धुन जो तुम बजा रहे हो रशीद 'इत्रे' की है।...और रशीद इत्रे की कोई धुन सुन कर आज तक कोई ऐंग्लो इण्डियन या क्रिश्चियन नर्स बेहोश नहीं हुई...बेहतर होगा अगर तुम रूमाल पर थोड़ा-सा क्लोरोफ़ार्म छिड़क कर ले जाओ।"

'रियाज़' ने ताश की गड्डी रख दी और नसीर की टाँगें एक तरफ़ रेल दीं। "कुछ भी हो। लेकिन हम इतना जानते हैं कि 'तोफ़ी' यहाँ अपनी गाड़ी का हॉर्न बजाये तो लड़कियाँ सुन कर उस पर फरेफ्ता हो जाती हैं।"

'नसीर' ने सिगरेट की गर्दन ऐश ट्रे में दबाई "और साइकिल की घण्टी बजाये तो आसमान से फ़रिश्ते उतरने शुरू हो जाते हैं। एक दफ़ा उसकी खाँसी की आवाज़ सुन कर बाग़-ए-जिनाह की सारी बुलबुलें अपनी नग़मा-सरायी भूल गयी थीं।...बड़ा हंगामा हो गया था...मास्टर गुलाम हैदर ने पूरा एक महीना उनको रिहर्सल कराई। तब जा कर वहीं कहीं टूँ-टाँ करने लगी।"

'तौफ़ीक़' के सिवा बाकी सब हँसने लगे...'नसीर' ज़रा संजीदा हो गया। उठ कर 'तौफ़ीक़' के पास आ गया। उसके कलफ़ लगे मलमल के कुर्ते की एक शिकन दुरूस्त की और कहा, "मज़ाक़ बरतरफ़...लो अब बताओ, अस्पताल की तुम्हारा मामला कहाँ तक पहुँचा?...मैं तो समझता हूँ वहीं का वहीं होगा। एक शरीफ़ आदमी अपेण्डे-साइटिस का आपरेशन कराये पड़ा है—मुकुर्ररा औक़ात पर यह तुम्हारी नर्स साहिबा तशरीफ़ लाती हैं...जनाब सिर्फ़ एक दफ़ा सुबह और एक दफ़ा शाम वहाँ जा सकते हैं...मरीज़, और वह भी किबला वालिद साहब...वह मरीज़ अपेण्डे-साइटिस और तुम मरीज़-ए-इश्क़..."

'रियाज़' के क़रीब-क़रीब गा कर क़हा "मरीज़-ए-इश्क़ पर रहमत ख़ुदा की।"

'नसीर' की रग-ए-मज़ाक़ फड़क उठी। और मरीज़-ए-इश्क़ पर जब ख़ुदा की रहमत नाज़िल होती है तो वह बैण्ड मास्टर बन जाता है।...आज 'ताफ़ी' का मुँह बाजा बजा रहा है "ख़ुदा की रहमत शामिल-ए-हाल रही तो कल सेक्सोफोन बजायेगा।...आहिस्ता-आहिस्ता उसके साथ दूसरे मरीज़ान-ए-इश्क़ शामिल हो जायेंगे। फिर यह बरातों के साथ मुँह में क्लारेट दबाये फिल्मी ट्यूनें बजाया करेगा...हीरा मण्डी से गुज़रते हुए उसकी क्लारेट का मुँह ऊँचा हो जाया करेगा। गाल धौंकनी की तरह फूलेंगे...गले की रगें उभर आयेगी...और रण्डियाँ कोठों से उस पर रहमत-ए-ख़ुदाबन्दी के फूल बरसाएँगी।"

'तोफ़ीक' तंग आ गया। हाथ जोड़ कर 'नसीर' से कहने लगा "ख़ुदा के लिए यह भाण्डपना बन्द करो।"

'नसीर' ने 'जमील' की तरफ़ देखा "लो साहब हम भाण्ड हो गये...दुनिया

भर की नकलें यह उतारें। ज़माने भर की ख़ुराफ़ात यह बकें...और भाण्ड हम कहलाये...यह तो आज इन्हें मुँह में घुंघुनियाँ डाले देख कर मैंने छेड़खानी शुरू कर दी कि शायद इसी हीले उकसें, मुँह से बोलें। सिर से खेलें। वरना 'जाये उस्ताद ख़ाली अस्त, कुजा राम-राम कुजा टें-टें' ये कह कर उसने तोफ़ीक के कलफ़ लगे मलमल के कुर्ते की शिकन दुरुस्त की, ''भई तोफ़ी ज़रा चहको...क्या हो गया है तुम्हें'।'

'तोफ़ीक' ने जेब से सिगरेट केस निकाला। एक सुलगाया और कश लेता कुर्सी पर बैठ गया। मेज़ पर से ताश की गड्डी उठाई पेंशस खेलने लगा। लेकिन नसीर ने लपक कर पत्ते उठा लिये "यह बुड्ढ़े जर्नलों का खेल है जो ज़िन्दगी में कई बार अपनी तमाम कश्तियाँ जला चुके हों...तुम इतने मायूस क्यों हो गये हो...मारर्गट न सही कोई और सही।" ये कह कर वह 'जमील' और 'रियाज़' से मुख़ातिब हुआ। "यारो बताओ यह फ़न्नाला कौन है?...ख़ूबसूरत है?...चन्द-ए-आफ़ताब चन्द-ए-महताब है?...पानी पीती है तो गर्दन में से दिखायी देता है?"

'जमील' 'तौफ़ीक़' के पास बैठ गया वह फ़ारसी का मुहावरा क्या है..."लैला बनज़र-ए-मजनूं बायद दीद...मारर्गट बनज़र-ए-तोफ़ी बायद दीद"...क्यों तोफ़ी?"

तौफ़ीक़ ख़ामोश रहा।

"मैं पूछता हूँ, ख़ूबसूरत है?...उसके बदन से आण्डोफ़ार्म की भीनी-भीनी बू आती है?...उसकी गर्दन देख कर गर्दन तोड़ बुख़ार होता है या नहीं?" 'नसीर' ये कहता...कहता मेज़ पर बैठ गया। "मेढ़कियों को जो ज़ुकाम होता है उसका एलाज तो वह ज़रूर जानती होंगी। ख़ुदा के लिए मुझे उससे मिलाओ। वरना मुझ पर हिस्टीरिया के दौरे पड़ने लगेंगे।"

'जमील' ने 'रियाज़' की तरफ़ देखा, "रियाज़ उसको कई मरतबा देख चुका है।"

"रियाज़ के देखने से क्या होता है...उसको तो अन्ध औरता है।" नसीर मुस्कराया।

जमील ने पूछा, "यह अन्ध औरता क्या है?"

'नसीर' ने 'रियाज़' के चश्मा लगे चेहरे को घूर के देखा और 'जमील' को जवाब दिया, "जनाब यह एक बीमारी का नाम है। इसके मरीज़ औरतों को नहीं देख सकते। चाहे असली पत्थर का चश्मा लगाए।"

'रियाज़' मुस्कराया, "शायद इसीलिए मुझे मारर्गट में हुस्न नज़र न आया, जिसकी तारीफ़ में 'तोफ़ी' ने ज़मीन-ओ-आसमान के कुलाबे मिला रखे थे।"

'तौफ़ीक़' ने अपना झुका हुआ सिर उठा कर रियाज़ से सिर्फ़ इतना पूछा "क्या वह हसीन नहीं थी?"

'रियाज़' ने जवाब दिया, "हर्गिज़ नहीं...साफ़-सुथरी लड़की अलबत्ता ज़रूर है।"

"लाण्ड्री से ताज़ा-ताज़ा आयी हुई शलवार की तरह?" 'नसीर' अभी कुछ और कहना चाहता था कि रियाज़ बोल पड़ा, "हाँ यार...एक दिन उसने शलवार-क़मीज़ पहनी हुई थी...उन कपड़ों में अच्छी लगती थी...मैं और 'तोफ़ी' मोटर में थे... 'तोफ़ी' ड्राइव कर रहा था—मोटर अस्पताल के फ़ाटक में दाख़िल हुई तो स्टेरिंग 'तोफ़ी' के हाथों के नीचे फिसला...लड़की देख कर हमेशा उसकी यही कैफ़ियत होती है...मैंने सामने देखा तो वह शलवार-क़मीज़ पहने भटकती चला आ रही थी। 'तोफ़ी' ने मोटर ऐन उसके पास रोकी और कहा...गुड़ मॉर्निंग...वह मुस्करायी... लखनवी अन्दाज़ से दायाँ हाथ माथे तक ले गयी और कहा...आदाब अर्ज़...जैसा लिबास वैसी बोली...लौण्डिया है चालाक...'तोफ़ी' अभी कोई फ़िक़रा मौजूँ कर रहा था कि वह छोटे-छोटे मगर तेज़ क़दम उठाती आगे बढ़ गयी...'तोफ़ी' ने फिक़रे को छोड़ा और सीने पर दो हंटर मार कर कहा...मार डाला...इतने में मारर्गट का अक्स बैक व्यू मिरर में नमूदार हुआ। 'तोफ़ी' ने बड़े थ्येटरी अन्दाज़ में एक अदद चुम्मा उसकी तरफ़ फेंका और मोटर स्टार्ट कर दी।"

"तुम्हारी इस गुफ़्तगू से साबित क्या हुआ?" 'नसीर' ने अपने घुँघराले बालों का एक गुच्छा मरोड़ते हुए कहा, "बात यह है कि जब तक यह ख़ाकसार बक़लम-ए-ख़ुद उस लौण्डिया को नहीं देखेगा व कुछ भी साबित नहीं होगा...झूठ बोलूँ तो 'तोफ़ी' ही का मुँह काला हो।"

तौफ़ीक़ ख़ामोश सिगरेट के कश लेता रहा।

'जमील' ने अपनी कुर्सी ज़रा आगे बढ़ाई और 'रियाज़' से पूछा, "अच्छा भई यह बताओ 'तोफ़ी' ने कभी उसे मोटर की सैर नहीं कराई।"

'रियाज़' ने जवाब दिया, "एक दफ़ा उसने कहा था तो उससे मुझे याद नहीं रहा। उसने क्या जवाब दिया था। बात दरअस्ल यह है कि तोफ़ी को खुल के बात करने का मौक़ा ही नहीं मिला...टेम्प्रेचर लेने या टीका लगाने के लिए आती है तो बाप की मौजूदगी में यह उससे क्या बात कर सकता है...फिर भी इशारों कनायों में कुछ-न-कुछ हो ही जाता है...मेरा ख़याल है यह अदाएँ आज सिर्फ़ इसीलिए हैं कि उसके अब्बा जान दो-तीन दिनों में अस्पताल छोड़ने वाले हैं, क्योंकि ज़ख़्म अब बिलकुल भर चुका है।...क्यों तोफ़ी?"

'तोफ़ीक' ने सिर्फ़ इतना कहा, "मुझे सताओ नहीं यार" और उठ कर बाहर बाग़ में चला गया...'नसीर' ने अपनी ठोड़ी हाथ में पकड़ी और चेहरे पर गहरी फ़िक्रमन्दी के निशानात पैदा करके कहा, "कहीं लुम्ड़े को इस्क तो नहीं हो गया।"

"तोफ़ी और इश्क़...दो मुतज़ाद चीज़ें हैं।" 'रियाज़' कुर्सी पर से उठा और संजीदगी से कहने लगा "कोई और ही चीज़ हुई है जनाब को...मेरा ख़याल है लाहौर में उसका जी लग गया था। वालिद ठीक हो गये हैं तो अब उसे वापस मरी जाना पड़ेगा।"

"बकवास है", नसीर चिल्लाया, "कोई और ही बात है...तुम यहाँ ठहरो...मैं अभी दरयाफ़्त करके आता हूँ।"

'नसीर' उठ कर बाहर चलने लगा तो 'जमील' ने उससे पूछा, "किससे दरयाफ़्त करने चले हो।"

'नसीर' मुस्कराया, "घोड़े के मुँह से...अग्रेज़ी में फ्राम दी हारसेज़ माउथ!"

यह कह कर वह बाहर निकल गया।

'जमील' ने 'रियाज़' की तरफ़ देखा और संजीदगी से पूछा, "हाँ भई 'रियाज़', यह सिलसिला क्या है...'ताफ़ी' एक दिन बहुत तारीफ़ कर रहा था उस मारर्गट की...कहता था कि मामला पटा समझो...क्या यह ठीक है?"

"ठीक ही होगा। मेरा मतलब है ऐसा कौन-सा चित्तौड़गढ़ का क़िला है जो 'तोफ़ी' को सर करना है। कॉरीडोर में काफ़ी मीठी-मीठी बातें कर रहे थे?"

"क्या?"

"मैंने पॉकेट बुक में नोट की हुई हैं। किसी रोज़ पढ़ के तुम्हें सुनाऊँगा।"

'जमील' के होठों पर खिसयानी-सी मुस्कुराहट पैदा हुई, "मज़ाक़ करते हो यार...सुनाओ...कोई और बात सुनाओ...मेरा मतलब है, यह बताओ कि मैं कभी उस नर्स को देख सकता हूँ।"

"जब चाहो देख सकते हो...अस्पताल चले जाओ, फ़ेमली वॉर्ड में तुम्हें नज़र आ जायेगी...लेकिन क्या करोगे देख कर। तुम्हारा क़द बहुत छोटा है। वह तुमसे पूरी एक बालिश्त ऊँची है।"

"इस क़द ने मुझे कहीं का नहीं रखा...बहुतेरे एलाज करवा चुका हूँ...एक सूई बराबर ऊँचा नहीं हुआ...अच्छा", मैंने कहा, "रियाज़...बाप की मौजूदगी में 'ताफ़ी' उससे इशारेबाज़ी कैसे करता होगा...नहीं, लड़का होशियार है।"

'रियाज़' ने ताश की गड्डी उठाई और पत्ते फेंटने शुरू किए, "अच्छी-ख़ासी मुसीबत है। हर वक़्त यही धड़का कि वालिद देख न ले, ताड़ न जायें...कहता था ज्यों ही उनकी निगाहें मेरी तरफ़ उठती थीं, मैं नज़रें नीची कर लेता था...जब वह आती थी तो दस-पन्द्रह मिनटों में ग़रीब को सिर्फ़ तीन-चार मौके आँख लड़ाने को मिलते थे।"

'जमील' ने पूछा, "डी.एस.पी. हैं न तोफ़ी के अब्बा जान।"

"हाँ भाई...बाप होना ही काफ़ी होता है...ऊपर से डी.एस.पी.।"

'जमील' ने आह भरी, "मेरे तमाम रोमांस गारत करने वाले मेरे अब्बा जान हैं...हज से पहले उनकी गारतगरी इतने ज़ोरों पर न थी, पर जब से आप ख़ाना काबा से वापस तशरीफ़ लाये हैं आपकी गारतगरी उरूज पर है...सोचता हूँ शादी कर लूँ, एक लड़का पैदा करूँ और बैठा उससे अपना इन्तेक़ाम लेता रहूँ।"

रियाज़ मुस्कराया, "हज करने जाओगे?"

"एक नहीं दस दफ़ा...साहबज़ादे को साथ ले कर जाऊँगा।"

यह कह कर उसने मेज़ पर ज़ोर से मुक्का मारा। आवाज़ के साथ ही 'नसीर' दाख़िल हुआ। 'रियाज़' और 'ज़मील' दोनों उसकी तरफ़ ग़ौर से देखने लगे। 'नसीर' इन्तिहाई संजीदगी के साथ कुर्सी पर बैठ मया। 'जमील' के दिमाग़ में खुदबुद होने लगी। "कुछ दरियाफ़्त किया?"

"सब कुछ" 'नसीर' का जवाब मुख़्तसर था।

'रियाज़' ने पूछा, "तोफ़ी कहाँ है?"

'नसीर' ने जवाब दिया, "चला गया है?"

"कहाँ?" यह सवाल रियाज़ ने किया।

"वापस मरी।"

'नसीर' का यह जवाब सुन कर रियाज़ और जमील दोनों बैक वक़्त बोले, "मरी वापस?"

"जी हाँ...मरी वापस चला गया है, अपनी मोटर में...अस्पताल से सीधा यहाँ क्लब आया...यहाँ से सीधा मरी रवाना हो गया है।"

'नसीर' ने एक-एक लफ़्ज़ चबा-चबा कर अदा किया।

'जमील' बेचैन हो गया, "आख़िर हुआ क्या?"

'नसीर' ने जवाब दिया, "हादसा।"

'जमील' और 'रियाज़' दोनों बोले, "कैसा हादसा?"

"बताता हूँ" यह कह कर 'नसीर' ने जेब से सिगरेट की डिबिया निकाली जिसमें कोई सिगरेट नहीं था। डिबिया एक तरफ़ फेंक कर वह 'रियाज़' और 'जमील' से मुख़ातिब हुआ। "मामला बहुत संगीन है।"

'जमील' ने रियाज़ से कहा, "मेरा ख़याल है 'तोफ़ी' पकड़ा गया होगा।"

रियाज़ ने कहा, "मालूम ऐसा ही होता है...आदमी कब तक किसी की आँखों में धूल झोंक सकता है...डी.एस.पी. है...फ़ौरन ताड़ गया होगा...लेकिन 'नसीर' तुम बताओ, तोफ़ी ने तुमसे क्या कहा।"

"बताता हूँ...एक सिगरेट देना 'जमील'।"

'जमील' ने उसको एक सिगरेट दिया। उसे सुलगा कर उसने बात शुरू की, "बाप की मौजूदगी में उसकी नर्स से इशाराबाज़ी होती थी। यह तुम लोगों को मालूम है...यह सिलसिला इशारेबाज़ी का बहुत दिनों से जारी था...'तोफ़ी' उसमें ख़ासा क़ामयाब रहा था। बाप की मौजूदगी के बायस उसे बहुत मुहतात रहना पड़ता था वह ज़रा गर्दन घुमाते तो यह फ़ौरन अपनी आँखें नीची कर लेता। इन दिक़्क़तों के बावजूद इसने लड़की से रब्त बढ़ा ही लिया। ऑफ ड्यूटी के रोज़ शाम को वह उसे एक मरतबा सिनेमा भी ले गया।"

'जमील' गुड़का, "वाह।"

रियाज़ ने कहा, "मुझसे उसने इसका ज़िक्र नहीं किया।"

'नसीर' ने सिगरेट का कश लिया, "सिनेमा में वह ख़ूब एक-दूसरे के साथ घुलमिल गये। नर्स को 'तोफ़ी' का चंचलपना बहुत पसन्द आया। परसों की मुलाक़ात में आज की शाम तय हुई कि वह 'तोफ़ी' के साथ दूर तक मोटर में सैर करने चलेगी और तोफ़ी अपनी आदत से मजबूर हो कर अगर कोई शरारत करना चहेगा तो वह बुरा नहीं मानेगी।"

जमील फिर गुड़का, "वाह!"

रियाज़ ने उसे टोका, "ख़ामोश रहो 'जमील'।"

'नसीर' ने सिगरेट का एक लम्बा कश लिया। "परसों की मुलाक़ात में जो कुछ तय हुआ था, मैं आपको बता चुका हूँ। 'तोफ़ी' बहुत ख़ुश था। अपने ख़याल के मुताबिक़ वह एक बहुत बड़ा मैदान मारने वाला था। आज दिन भर वह स्कीमें बनाता रहा...पेट्रोल का इन्तेज़ाम उसने कर लिया।"

"करम इलाही ने उसे छह कूपन दे दिये थे। उसी की परमिट पर बियर की छह बोतलें भी हासिल कर ली थीं जो ग़ालबन अभी तक इम्तियाज़ के फ्रिजरेटर में ठण्डी हो रही है—तोफ़ी की स्कीम यह थी कि चन्योट के पुल तक चलेंगे। हुस्न-ओ-इश्क़ के दरिया चिनाब की लहरें होंगी...मौसम भी ख़ुशावार होगा। गिलास रास्ते में ख़रीद लेंगे। ठण्डी-ठण्डी बियर उड़ेगी। ख़ूब सुरूर जमेंगे... लेकिन..."

ये कह कर 'नसीर' एक़दम ख़ामोश हो गया।

'जमील' ने बेचैन हो कर पूछा, "सारा मामला ग़ारत हो गया?"

'नसीर' ने असबात में सिर हिलाया, "सारा मामला ग़ारत हो गया।"

'जमील' ने और ज़्यादा बेचैन हो कर पूछा, "कैसे?"

'नसीर' ने सिगरेट की गर्दन ऐश-ट्रे में दबाई और कहा, "प्रोग्राम ये था कि वह शाम को छह बजे अस्पताल जायेगा। घण्टा-डेढ़ घण्टा अपने बाप के पास बैठेगा। इस दौरान में जब मारर्गट आयेगी तो वह सैर की बात पक्की कर लेगा। बात पक्की हो जायेगी तो वह सीधा इम्तियाज़ के यहाँ जायेगा...कुछ देर वहाँ बैठेगा। बियर की एक बोतल पियेगा। बाकी पाँच मोटर में रखेगा और जो जगह मुकर्रर हुई होगी वहाँ मारर्गट से जा मिलेगा...दिल-ओ-दिमाग़ सख़्त बेचैन था। घर से वक़्त से कुछ पहले ही निकल आया। अस्पताल पहुँचा। मोटर एक तरफ़ खड़ी की...वॉर्ड की तरफ़ चला। सीढ़ियाँ तय की। ऊपर पहुँचा। कमरे का दरवाज़ा खोला तो क्या देखता है..."

'नसीर' एक़दम रुक गया। जमील और रियाज़ दोनों बैकवक़्त बोले, "क्या देखता है...?"

"देखता है कि...ठहरो" 'नसीर' थोड़ी देर के लिए रुका। "मैं तोफ़ी के अल्फ़ाज़ में बयान करता हूँ...मैंने कमरे का दरवाज़ा खोला। क्या देखता हूँ कि मारर्गट पलँग पर झुकी हुई है और वालिद साहब...और वालिद साहब उसक होंट चूस रहे हैं।"

'जमील' और 'रियाज़' क़रीब-क़रीब उछल पड़े, "सच?"

'नसीर' ने जवाब दिया, "दरोग़ बर गर्दन-ए-राबी।"

'जमील' जिसके दिल-ओ-दिमाग़ पर हैरत मुसल्लत थी बड़बड़ाया, "कमाल कर दिया डी.एस.पी. साहब ने।"

'रियाज़' ने 'नसीर' से पूछा, "तोफ़ी ने क्या किया?"

'नसीर' ने जवाब दिया, "आँखें नीची कर लीं और चला आया।"

'जमील', 'रियाज़' से मुखातिब हुआ, "मेरे वालिद साहब किबला कभी ऐसे नज़ारे का मौक़ा दें तो मज़ा आ जाय। पता नहीं 'तोफ़ी' क्यों इस क़दर परेशान था?"

'नसीर' ने कहा, " 'तोफ़ी' की वालिदा साहिबा उसके साथ थीं...'तोफ़ी' ने मुझसे कहा मैं तो नज़रें नीची करके चल दिया। लेकिन अम्मी जान दरवाज़ा खोल कर अन्दर कमरे में चली गयीं।"

जमील ने पुर अफ़सोस लहज़े में कहा, "किबला वालिद साहब के साथ ज़्यादती हुई।"

2 जून, 1950 ई.

माहीगीर

(विक्टर ह्यूगो की एक नज़्म के तअस्सुरात)

समन्दर रो रहा था।

मुक़ैयद[1] लहरें पथरीले साहिल के साथ टकरा-टकराकर आहोज़ारी[2] कर रही थीं। दूर, पानी की रक़्साँ[3] सतह पर चन्द किश्तियाँ अपने धुँधले और कमज़ोर बादबानों के सहारे बेपनाह सर्दी से ठिठरी हुई काँप रही थीं। आसमान की नीली क़बा[4] में चाँद खिलखिला करहँस रहा था। सितारों का खेत अपने पूरे जोबन में लहलहा रहा था।

फ़ज़ा समन्दर के नमकीन पानी की तेज़ बू में बसी हुई थी।

साहिल से कुछ फ़ासले पर चन्द शिकस्ता झोंपड़ियाँ ख़ामोश ज़बान में एक-दूसरे से अपनी ख़स्ताहाली का तज़्किरा कर रही थीं–यह माहीगीरों के सर छुपाने की जगहें थीं।

एक झोंपड़ी का दरवाज़ा खुला था, जिसमें से चाँद की आवारा शुआयें ज़मीन पर रेंग-रेंगकर उसकी काजल-ऐसी फ़ज़ा को नीम रोशन कर रही थीं–इस अन्धी रोशनी में दीवार पर माहीगीर का जाल नज़र आ रहा था और एक चोबी तख़्ते पर चन्द थालियाँ झिलमिला रही थीं।

झोंपड़ी के एक कोने में एक टूटी हुई चारपाई तारीक चादर में मलबूस[5] अँधेरे में सर निकाले हुए थी। उसके पहलू में फटे हुए टाट पर पाँच बच्चे महवे-ख़्वाब[6] थे। नन्ही रूहों का एक घोंसला जो ख़्वाबों से थरथरा रहा था।

पास ही उनकी माँ न मालूम किन ख़यालात में मुस्तग़रक़[7] घुटनों के बल बैठी गुनगुना रही थी।

यकायक वह लहरों का शोर सुन कर चौंकी।

बूढ़ा समन्दर किसी आनेवाले ख़तरे से आगाह, सियाह चट्टानों और तुन्द हवाओं और निस्फ़[8] शब की तारीकी को मुख़ातिब करके गला फाड़-फाड़कर चिल्ला रहा था।

वह उठी और बच्चों के बिलकुल पास जा कर उसने एक की पेशानी पर

अपने सर्द लबों से बोसा दिया और फिर वहीं टाट के एक कोने में बैठकर दुआ माँगने लगी—लहरों के शोर में उसके अल्फ़ाज़ उभर रहे थे : "ऐ ख़ुदा...ऐ बेकसों और ग़रीबों के ख़ुदा, इन बच्चों का वाहिद सहारा रात का तारीक कफ़न ओढ़े समन्दर की लहरों के साथ लड़ रहा है...वह मौत के अमीक़ गढ़े में पाँव लटकाए हुए है...इन बच्चों की ख़ातिर उसे हर रोज़ इस तूफ़ानी देव के साथ कुश्ती लड़ना पड़ती है...ऐ ख़ुदा, तू उसकी जान हिफ़ाज़त में रखियो...आह, अगर यह बच्चे जवान होते और अपने बाप की मदद कर सकते...!"

ख़ुदा मालूम उसे क्या ख़याल आया कि वह सिर से पैरों तक काँप गयी। फिर वह थरथराती हुई आवाज़ में कहने लगी : "आह, बड़ा होने पर इनका भी यही शग़ल होगा...फिर मुझे छह जानों का ख़दशा[9] लाहिक़ रहेगा...आह, कुछ समझ में नहीं आता...यह गुर्बत...यह गुर्बत...!" यह कहते हुए वह अपनी गुर्बत और तंगदामानी[10] के ख़यालात में ग़र्क़ हो गयी।

दफ़अतन वह उस अँधेरे ख़्वाब से बेदार हुई और उसके दिमाग़ में होटलों की देव क़ामत इमारतें और उमरा के राहत-क़दों की तसवीरें खिंच गयीं। उन इमारतों की दिलफ़रेब राहतों और उमरा की तअय्युशपरस्तियों[11] का ख़याल आते ही उसके दिल पर एक धुन्ध-सी छा गयी—कलेजे पर किसी ग़ैर मरई हाथ की गिरफ़्त महसूस करके वह जल्दी से उठी और उसने दरवाज़े में से तारीकी में आवारा नज़रों से देखना शुरू कर दिया।

उसकी यह हरकत ख़यालात की आमद को न रोक सकी—वह सख़्त हैरान थी कि लोग अमीर और ग़रीब क्यों होते हैं, जबकि हर इंसान एक ही तरह माँ के पेट से पैदा होता है। इस सवाल के हल के लिए उसने अपने दिमाग़ पर बहुत ज़ोर दिया, मगर उसे कोई ख़ातिरख़्वाह जवाब न मिल सका।

एक और बात वह समझ नहीं पा रही थी—और वह यह कि उसका ख़ाविन्द तो अपनी जान पर खेलकर समन्दर की गोद से मछलियाँ छीनकर लाता है और मछलियों की मार्किट का मालिक बग़ैर मेहनत किये हर रोज़ सैकड़ों रुपये पैदा कर लेता है। उसे यह बात ख़ासतौर पर अजीब-सी मालूम हुई कि मेहनत तो करें माहीगीर और नफ़ा हो मार्केट के मालिक को। रात भर उसका ख़ाविन्द अपना ख़ून-पसीना एक करे और सुबह के वक़्त उसकी आधी कमाई मार्केट के मालिक की बड़ी तोंद में चली जाय।

इन तमाम सवालों का कुछ जवाब न पाकर वह हँस पड़ी और बुलन्द आवाज़ में कहने लगी : "मुझ कम अक़्ल को भला यह सब क्या मालूम...ख़ुदा सब कुछ जानता है, मगर..."

वह कुछ और कहने ही वाली थी कि रुक गयी और काँप उठी—फिर वह बोली : "ऐ ख़ुदा, मैं गुनहगार हूँ...तू जो करता है, बेहतर करता है...कुछ और ख़याल

करना कुफ़्र है..." यह कहती हुई वह ख़ामोशी से अपने बच्चों के पास आकर बैठ गयी और उनके मासूम चेहरों की तरफ़ देख कर उसने बेइख़्तियार रोना शुरू कर दिया।

बाहर आसमान पर काले बादल मुहीब[12] डायनों की सूरत में अपने सियाह बाल परेशाँ किये चक्कर काट रहे थे। कभी-कभी बादल का कोई टुकड़ा चाँद के दरख़्शा[13] रुख़सार पर अपनी सियाही मल देता तो फ़ज़ा पर क़ब्र की तारीकी छा जाती और समन्दर की सीमीं लहरें गहरे रंग की चादर ओढ़ लेतीं। तब किश्तियों के मस्तूलों पर टिमटिमाती हुई रोशनियाँ इस अचानक तब्दीली को देख कर आँखें झपकना शुरू कर देतीं।

माहीगीर की बीवी ने अपने मैले आँचल से आँसू ख़ुश्क किये और दरवाज़े के पास खड़ी हो कर देखने लगी कि दिन तुलू हुआ है या नहीं—उसका ख़ाविन्द तुलू की पहली किरण के साथ ही घर वापिस आ जाया करता था—अभी सुबह का एक साँस भी बेदार न हुआ था। समन्दर की तारीक सतह पर रोशनी की एक धारी भी नज़र न आ रही थी। बारिश काजल की तरह तमाम फ़ज़ा पर बरसने लगी थी।

वह बहुत देर तक दरवाज़े के पास खड़ी, अपने ख़ाविन्द के ख़याल में मुस्तग़रक़ रही, जो बारिश में समन्दर की तुन्द मौजों के मुक़ाबले में लकड़ी के एक मामूली तख़्ते और कमज़ोर बादबान से मुसल्लह था।

वह अभी अपने ख़ाविन्द के लिए दुआ माँग ही रही थी कि यकायक उसकी निगाहें अँधेरे में सामने खड़ी शिकस्ता[14] झोंपड़ी की तरफ़ उठ गयीं। जो तारों से महरूम[15] आसमान की तरफ़ हाथ फैलाये लरज़ रही थी।

उस झोंपड़ी में रोशनी का नाम तक नहीं था और उसका कमज़ोर दरवाज़ा किसी नामालूम ख़ौफ़ की वजह से काँप रहा था और तिनकों की छत हवा के दबाव तले दोहरी हो रही थी।

"आह, ख़ुदा मालूम बेचारी बेवा का क्या हाल है...उसे कई रोज़ से बुख़ार भी तो आ रहा है..." वह जेरे-लब गुनगुनाई, और यह ख़याल आते ही कि कहीं वह भी अपने ख़ाविन्द से महरूम न हो जाय, वह काँप उठी।

सामने की शिकस्ता झोंपड़ी एक बेवा की थी, जो अपने दो कमसिन बच्चों समेत रोटी के क़हत[16] में मौत की घड़ियाँ काट रही थी। मुसीबत की मचलती हुई धूप में उस पर साया करनेवाला कोई न था—रहा-सहा सहारा दो नन्हे बच्चे थे जो अभी मुश्किल से चल-फिर सकते थे।

उसके दिल में हमदर्दी का जज़्बा उमड़ आया—बारिश से बचाव के लिए उसने सिर पर टाट का एक टुकड़ा रखा और हाथ में एक अन्धी लालटेन थामकर वह उस झोंपड़ी के पास पहुँची। उसने धड़कते हुए दिल से दरवाज़े पर दस्तक दी—लहरों का शोर और तेज़ हवा की चीख़ो-पुकार उसकी दस्तक का जवाब थे।

वह काँपी और उसने ख़याल किया कि शायद उसकी अच्छी हमसाया गहरी नींद सो रही है।

उसने एक बार फिर दरवाज़ा खटखटाया और आवाज़ दी, मगर जवाब फिर ख़ामोशी था। कोई सदा, कोई जवाब झोंपड़ी के बोसीदा[17] लबों से नमूदार न हुआ।

उसने काँपते हुए दरवाज़े पर दबाव डाला—जैसे बेजान दरवाज़े ने लिम्स[18] की लहर महसूस की, वह मुतहर्रिक हुआ और खुल गया।

वह झोंपड़ी के अन्दर दाख़िल हुई और जैसे वह ख़ामोश क़ब्र उसकी अन्धी लालटेन से रोशन हो गयी, जिसमें लहरों के शोर के सिवा मुकम्मल सुकूत[19] तारी था, जिसकी पतली दोहरी होती हुई छत से बारिश के क़तरे बड़े-बड़े आँसुओं की सूरत में गिरते हुए सियाह ज़मीन को तर कर रहे थे—फ़ज़ा में एक मुहीब ख़ौफ़ साँस ले रहा था।

वह ख़ौफ़नाक समाँ, जो झोंपड़ी में सिमटा हुआ था, देख कर वह सर ता पा इर्तिआश[20] बनकर रह गयी। उसकी आँखों में गर्म-गर्म आँसू छलके और फिर बेइख़्तियार उछलकर बारिश के टपके हुए क़तरों के साथ हमआग़ोश हो गये—उसने एक सर्द आह भरी और दर्दनाक आवाज़ में कहने लगी : "आह, तो उन बोसों का जो जिस्म को राहत बख़्शते हैं...और माँ की मुहब्बत, गीत, तबस्सुम, हँसी और नाच का एक ही अंजाम है...क़ब्र...आह मेरे ख़ुदा!"

उसके सामने फूस के बिस्तर पर बेवा की सर्द लाश अकड़ी हुई थी। लाश के पहलू में दो बच्चे मह्वे-ख़्वाब थे—उसने महसूस किया, लाश की सीने में एक आह कुछ कहने को रुकी हुई है और पथराई हुई आँखें झोंपड़ी की ख़स्ता छत को चीरकर तारीक[21] आसमान की तरफ़ टकटकी लगाये देख रही हैं, जैसे उसे कोई पैग़ाम देना हो।

वह उस वहशतख़ेज़ मंज़र को देख कर चिल्ला उठी—थोड़ी देर वह दीवानावार इधर-उधर घूमी।

यकायक उसकी नमनाक आँखों में एक चमक पैदा हुई और उसने लपककर लाश के पहलू से कमसिन बच्चे उठाकर अपनी चादर में लपेट लिये और उस दारुलख़तर[22] से लड़खड़ाती हुई अपनी झोंपड़ी में चली आयी।

उसके चेहरे का रंग बदल गया था—उसने लरज़ाँ हाथों से बच्चों को मैले बिस्तर पर लिटा दिया और उन पर फटी हुई चादर डाल दी।

थोड़ी देर वह मुर्दा बेवा के पहलू से उठाए हुए बच्चों को देखती रही और फिर गुमसुम-सी अपने बच्चों के पास ज़मीन पर बैठ गयी।

मुतलातिम समन्दर उफ़ुक़ पर सफ़ेद हो रहा था। सूरज की धुँधली शुआयें तारीकी का तआक़ुब कर रही थीं—वह गुमसुम बैठी अपनी ज़िन्दगी के शिकस्ता तार छेड़ रही थी। उसके ग़ैर मर्बूत[23] अल्फ़ाज़ के साथ कनसुरी लहरें अपनी

मग़मूम तानें छेड़ रही थीं।

"आह यह मैंने क्या किया...यह मुझसे क्या हो गया...सात हम और अब दो यह...अब अगर वह मुझे मारे तो मुझे कोई शिकायत नहीं होनी चाहिए...मैं भी अजीब हूँ। मैं जिससे मुहब्बत करती हूँ, उसी से ख़ाइफ़ हूँ...क्या इन्हें वापिस छोड़ आऊँ...नहीं...मैं उससे मुहब्बत करती हूँ। शायद वह मुझे माफ़ कर दे।"

वह इस क़िस्म के ख़यालात में ग़ल्ताँ व पेचाँ[24] बैठी हुई थी कि हवा के ज़ोर से दरवाज़ा हिला—उसका कलेजा धक-से रह गया। वह उठी और किसी को न पाकर वहीं मुतफ़िकर-सी[25] बैठ गयी।

"अभी नहीं...बेचारा...उसे इन बच्चों के लिए कितनी तकलीफ़ उठाना पड़ती है... अकेले आदमी को सात पेट पालने पड़ते हैं और अब...मगर यह शोर कैसा है?"

वह चीख़ती हुई आवाज़ हवा की थी जो झोंपड़ी के साथ रगड़कर गुज़र रही थी।

"उसके क़दमों की चाप...आह, नहीं, यह तो हवा है..."

वह फिर अपने अन्दरूनी ग़म में डूब गयी—अब उसके कानों मे हवाओं और लहरों का शोर मफ़्क़ूद[26] हो गया—सीने में ख़यालात के तसादुम[27] का क्या कम शोर था।

आबी जानवर साहिल के आसपास चिल्ला रहे थे। पानी में पड़े हुए संगरेज़े[28] एक-दूसरे से टकराकर खनखना रहे थे। किश्तियों के चप्पुओं की आवाज़ की ख़ामोश फ़ज़ा को मुर्तइश[29] कर रही थी।

वह किश्ती की आमद से बेख़बर अपने ख़यालात में खोई हुई थी।

दफ़अतन दरवाज़ा एक शोर के साथ खुला—सुबह की धुँधली शुआयें झोंपड़ी में तैरती हुई दाख़िल हुईं और साथ ही माहीगीर कान्धों पर एक बड़ा-सा जाल डाले दहलीज़ पर नमूदार हुआ।

उसके कपड़े रात की बारिश और समन्दर के नमकीन पानी से शराबोर हो रहे थे। आँखें शब बेदारी की वजह से अन्दर को धँसी हुई थीं। जिस्म सर्दी और ग़ैर मामूली मशक़्क़त से अकड़ा हुआ था।

"बच्चों के अब्बा, तुम हो..." माहीगीर की बीवी चौंक उठी। फिर उसने आशिक़ाना बेताबी से अपने ख़ाविन्द को छाती से लगा लिया।

"हाँ, मैं हूँ प्यारी!" यह कहते हुए माहीगीर के कुशादा[30], मगर मग़मूम चेहरे पर मसर्रत की एक धुँधली-सी रोशनी छा गयी—वह मुसकराया—बीवी की मुहब्बत ने उसके दिल से रात की कुलफ़त[31] का ख़्याल महव कर दिया।

"मौसम कैसा था?" बीवी ने मुहब्बत-भरे लहजे में दरयाफ़्त किया।

"तुन्द!"

"मछलियाँ हाथ आयीं?"

“बहुत कम...आज रत तो समन्दर क़ज़ाक़ों[32] के गिरोह के मानिन्द था।” यह सुन कर उसकी बीवी के चेहरे पर मुर्दनी छा गयी—माहीगीर ने उसे मग़मूम देखा और मुसकराकर बोला : “तू मेरे पहलू में है, बस मेरा दिल ख़ुश है।”

“हवा तो बहुत तेज़ होगी?”

“बहुत तेज़...मालूम हो रहा था कि दुनिया के तमाम शैतान मिलकर अपने मनहूस पर फड़फड़ा रहे हैं...जाल कट गया, रस्सियाँ कट गयीं और किश्ती का मुँह भी टूटते-टूटते बचा...” फिर अपनी बात का रुख़ बदलते हुए उसने पूछा : “मगर तुम शब-भर क्या करती रही हो प्यारी?”

वह रात की बात का ख़याल करके काँपी—उसने लरज़ाँ आवाज़ में जवाब दिया : “आह, कुछ भी तो नहीं...सीती-पिरोती रही, तुम्हारी राह तकती रही...लहरें बिजली की तरह कड़क रही थीं और मुझे सख़्त डर लग रहा था।”

“डर...! हम लोगों को डर किस बात का...”

“और हाँ, हमारी हमसाया बेवा मर गयी है।” उसने अपने ख़ाविन्द की बात काटते हुए कहा।

माहीगीर ने दर्दनाक ख़बर सुनी, मगर उसे कुछ ताज्जुब न हुआ, शायद इसलिए कि वह हर घड़ी उस औरत की मौत की ख़बर सुनने का मुतवक़्क़े[33] था—उसने आह भरी और सिर्फ़ इतना कहा : “तो बेचारी सिधार गयी!”

“हाँ...और दो कमसिन बच्चे छोड़ गयी है जो लाश के पहलू में लेटे हुए हैं।”

बीवी की बात सुन कर माहीगीर का जिस्म ज़ोर से काँपा और उसकी सूरत संजीदा व मुतफ़िकर हो गयी—एक कोने में अपनी ऊनी टोपी, जो पानी से भीग रही थी, फेंककर उसने अपना सिर खुजलाया और कुछ देर ख़ामोश रहने के बाद अपने आपसे बोला : “पाँच बच्चे थे, अब सात हो गये...पहले ही इस तुन्द मौसम में दो वक़्त का खाना नसीब नहीं होता, अब...मगर ख़ैर...इसमें किसी का कोई क़ुसूर नहीं...किस क़िस्म के हवादिस[34] बहुत गहरे मानी रखते है...”

वह कुछ अर्से तक उसी तरह अपना सिर घुटनों मे दबाये सोचता रहा—उसकी समझ में न आ रहा था कि ख़ुदा ने उन बच्चों से, जो उसकी मुट्ठी के बराबर भी नहीं है, उनकी माँ क्यों छीन ली है; उन बच्चों से जो न काम कर सकते हैं और न किसी चीज़ की ख़्वाहिश कर सकते हैं।

उसका दिमाग़ उन सवालों का कोई हल न पेश कर सका—वह बड़बड़ाता हुआ उठा : “शायद ऐसी बातों को एक पढ़ा-लिखा ही समझ सकता है...” और फिर वह अपनी बीवी से मुख़ातिब हो कर बोला : “प्यारी, जाओ और उन्हें यहाँ ले आओ...अगर वह अपनी माँ की लाश के पास बेदार[35] हुए तो वह किसी क़दर वहशतज़दा हो जायेंगे...जाओ, उन्हें अभी ले आओ।” यह कहकर वह अपने दिल में सोचने लगा कि वह उन बच्चों को अपनी औलाद की तरह पालेगा; वह बड़े हो

कर उसके घुटनों पर चढ़ना सीख जायेंगे, ख़ुदा उन बच्चों कों इस झोंपड़ी में देख कर बहुत ख़ुश होगा और उन्हें, सबको, ज़्यादा खाने को अता करेगा : "प्यारी, तुम्हें फ़िक्र नहीं करनी चाहिए...मैं और ज़्यादा मेहनत से काम करूँगा..."

अपनी बीवी को चारपाई की तरफ़ बढ़ते हुए देख कर माहीगीर बुलन्द आवाज़ में कहने लगा : "तुम सोच क्या रही हो?"

उसकी बीवी ने चारपाई के पास पहुँचकर चादर को उलट दिया : "यह तो रहे बच्चे!"

दो बच्चे सुबह की तरह मुसकरा रहे थे।

यकुम फ़रवरी, 1935

---

1. बन्दी; 2. रोना-पीटना, विलाप; 3. नाचती हुई; 4. वस्त्र; 5. लिपटी हुई; 6. गहन निंद्रा; 7. तल्लीन, मग्न; 8. आधी; 9. भय; 10. निर्धन स्थिति; 11. ऐशो-आराम; 12. भयानक; 13. चमकीले; 14. जर्जर; 15. वंचित; 16. अभाव; 17. कमज़ोर; 18. स्पर्श; 19. ख़ामोशी, सन्नाटा; 20. कँपकँपाहट; 21. अन्धकारमय; 22. भयानक स्थान; 23. रुक-रुककर बोले गये; 24. उधेड़बुन; 25. चिन्तित; 26. समाप्त; 27. मुठभेड़; 28. पत्थरों के टुकड़े; 29. स्पन्दित; 30. चौड़े चकले; 31. कष्ट; 32. लुटेरों; 33. आशान्वित; 34. घटनाएँ; 35. जागे।

इश्क़-ए-हक़ीक़ी

इश्क़-ओ-मुहब्बत के बारे में एख़लाक का नज़रया वही था जो अक्सर आशिक़ों और मुहब्बत करने वालों का होता है। वह राझे पीर का चेला था। इश्क़ में मर जाना उसके नज़दीक एक अज़ीमुश्शान मौत मरना था।

एख़लाक तीस बरस का हो गया। मगर बावजूद कोशिशों के उसको किसी से इश्क़ न हुआ, लेकिन एक दिन एंगर्ड बर्गमैन की पिक्चर "फार होम दी बेल टाल्ज़' का मैटनी शो देखने के दौरान में उसने महसूस किया कि उसका दिल उस बुर्क़ा पोश लड़की से बाबस्ता हो गया है, जो उसके साथ वाली सीट पर बैठी थी और सारा वक़्त अपनी टाँग हिलाती रही थी।

पर्दे पर जब साये कम और रोशनी ज़्यादा हुई तो 'एख़लाक' ने उस लड़की को एक नज़र देखा। उसके माथे पर पसीने के नन्हे-नन्हे क़तरे थे। नाक की फुँग पर चन्द बूँदें थीं। जब 'एख़लाक' ने उसकी तरफ़ देखा तो उसकी टाँग हिलना बन्द हो गयी। एक अदा के साथ उसने अपने स्याह बुर्के की जाली से अपना चेहरा ढाँप लिया। यह हरकत कुछ ऐसी थी कि एख़लाक को बे बेइख़्तियार हँसी आ गयी।

उस लड़की ने अपनी सहेली के कान में कुछ कहा। दोनों हौले-हौले हँसी। इसके बाद उस लड़की ने नक़ाब अपने चेहरे से हटा ली। एख़लाक की तरफ़ तीखी-तीखी नज़रों से देखा और टाँग हिला कर फ़िल्म देखने में मशग़ूल हो गयी।

एख़लाक सिगरेट पी रहा था। एंगर्ड बर्गमैन उसकी महबूब ऐक्टर्स थी। फार होम दी बेल टाल्ज़' में उसके बाल कटे हुए थे। फ़िल्म के आग़ाज में जब 'एख़लाक' ने उसे देखा तो वह बहुत ही प्यारी मालूम हुई। लेकिन साथ वाली सीट पर बैठी हुई लड़की देखने के बाद यह एंगर्ड बर्गमैन को भूल गया। यूँ तो क़रीब-क़रीब सारी फ़िल्म उसकी निगाहों के सामने चली मगर उसने बहुत ही कम देखी।

सारा वक़्त वह लड़की उसके दिल-ओ-दिमाग़ पर छायी रही।

एख़लाक सिगरेट पर सिगरेट पीता रहा। एक मरतबा उसने राख झाड़ी तो

उसकी सिगरेट उँगलियों से निकलकर उस लड़की की गोद में जा पड़ी। लड़की फ़िल्म देखने में मशग़ूल थी इसलिए उसको सिगरेट गिरने का कुछ पता न था। 'एख़लाक' बहुत घबराया। इसी घबराहट में उसने हाथ बढ़ाकर सिगरेट उसके बुर्के पर से उठाया और फ़र्श पर फेंक दिया। लड़की हड़बड़ा कर उठ खड़ी हुई। 'एख़लाक' ने फ़ौरन कहा "माफ़ी चाहता हूँ आप पर सिगरेट गिर गयी थी।"

लड़की ने तीखी-तीखी नज़रों से 'एख़लाक' की तरफ़ देखा और बैठ गयी। बैठकर उसने अपनी सहेली से सरगोशी में कुछ कहा। दोनों हौले-हौले हँसी और फ़िल्म देखने में मशग़ूल हो गयी।

फ़िल्म के एख़तिताम पर जब कायद-ए-आज़म की तस्वीर नमूदार हुई तो एख़लाक उठा। ख़ुदा मालूम क्या हुआ कि इसका पाँव उस लड़की के पाँव के साथ टकराया। एख़लाक एक बार फिर सिर ता पा माज़रत बन गया, "माफ़ी चाहता हूँ...जाने आज क्या हो गया है।"

दोनों सहेलियाँ हौले-हौले हँसीं। जब भीड़ के साथ बाहर निकली तो 'एख़लाक' उनके पीछे-पीछे हो लिया। वह लड़की जिससे उसको पहली नज़र का इश्क़ हुआ था मुड़-मुड़कर देखती रही। एख़लाक ने इसकी परवाह न की और उनके पीछे-पीछे चलता रहा। उसने तहय्या कर लिया था कि वह उस लड़की का मकान देख के रहेगा।

माल रोड में फुटफाथ पर वाई.एम.सी.ए. के सामने उस लड़की ने मुड़कर 'एख़लाक' की तरफ़ देखा और अपनी सहेली का हाथ पकड़कर रुक गयी। 'एख़लाक' ने आगे निकलना चाहा तो वह लड़की उससे मुख़ातिब हुई, "आप हमारे पीछे-पीछे क्यों आ रहे हैं?"

एख़लाक ने एक लहज़ा सोचकर जवाब दिया, "आप मेरे आगे-आगे क्यों जा रही हैं।"

लड़की खिलखिला कर हँस पड़ी। इसके बाद उसने अपनी सहेली से कुछ कहा फिर दोनों चल पड़ीं। बस स्टैण्ड के पास उस लड़की ने जब मुड़कर देखा तो एख़लाक ने कहा, "आप पीछे आ जाइए, मैं आगे बढ़ जाता हूँ।"

लड़की ने मुँह मोड़ लिया।

अनारकली का मोड़ आया तो दोनों सहेलिया ठहर गयीं। एख़लाक पास से गुज़रने लगा तो उस लड़की ने उससे कहा, "आप हमारे पीछे न आइए, यह बहुत बुरी बात है।"

लहजे मैं बहुत संजीदगी थी। 'एख़लाक' ने 'बहुत बेहतर' कहा और वापस चल दिया। उसने मुड़कर भी उनको न देखा, लेकिन दिल में उसको अफ़सोस था कि वह क्यों उसके पीछे न गया। इतनी देर के बाद उसको इतनी शिद्दत से महसूस हुआ था कि उसको किसी से मुहब्बत हुई है। लेकिन उसने मौक़ा हाथ से

जाने दिया। अब ख़ुदा मालूम फिर उस लड़की से मुलाक़ात हो या न हो।

जब वाई.एम.सी.ए. के पास पहुँचा तो रुक कर उसने अनारकली के मोड़ की तरफ़ देखा। मगर अब वहाँ क्या था। वह तो उसी वक़्त अनारकली की तरफ़ चली गयी थी।

लड़की के नक़्श बड़े पतले-पतले थे। बारीक नाक, छोटी-सी ठोड़ी, फूल की पत्तियों जैसे होंट। जब पर्दे पर साये कम और रोशनी ज़्यादा होती थी तो उसने उसके बालाई होंट पर एक तिल देखा था, जो बेहद प्यारा लगता था। 'एख़लाक' ने सोचा था कि अगर यह तिल न होता तो शायद वह लड़की ना मुकम्मल रहती। उसका वहाँ पर होना अशद ज़रूरी था।

छोटे-छोटे क़दम थे। जिनमें कँवारपन था। चूँकि उसको मालूम था कि एक मर्द मेरे पीछे-पीछे आ रहा है। इसलिए उनके इन छोटे-छोटे क़दमों में एक बड़ी प्यारी लड़खड़ाहट-सी पैदा हो गयी थी। उसका मुड़-मुड़ कर तो देखना ग़ज़ब था। गर्दन को एक ख़फीफ़ सा झटका देकर वह पीछे एख़लाक की तरफ़ देखती और तेज़ी से मोड़ लेती।

दूसरे रोज़ वह एंगर्ड बर्गमैन का फ़िल्म फिर देखने गया। शो शुरू हो चुका था। वाल्ट डज़्नी का कार्टून चल रहा था कि वह अन्दर हाल में दाख़िल हुआ। हाथ को हाथ सुझाई नहीं देता था। गेटकीपर की बीड़ी की अन्धी रोशनी के सहारे उसने टटोल-टटोल कर एक ख़ाली सीट तलाश की और उसपर बैठ गया।

डज़्नी का कार्टून बहुत मज़ाहिया था। इधर-उधर कई तमाशाई हँस रहे थे। दफ़तन बहुत ही क़रीब से एख़लाक को ऐसी हँसी सुनाई दी जिसको वह पहचानता था। मुड़कर उसने पीछे देखा तो वही लड़की बैठी थी।

एख़लाक का दिल धक-धक करने लगा। लड़की के साथ एक नौजवान लड़का बैठा था। शक्ल-ओ-सूरत के एतवार से वह उसका भाई लगता था। उसकी मौजूदगी में वह किस तरह बार-बार मुड़कर देख सकता था।

इण्टरवल हो गया। एख़लाक कोशिश के बावजूद फ़िल्म अच्छी तरह न देख सका। रोशनी हुई तो वह उठा। लड़की के चेहरे पर नकाब था, मगर उस महीन पर्दे के पीछे उसकी आँखें एख़लाक को नज़र आयीं। जिनमें मुस्कराहट की चमक थी।

लड़की के भाई ने सिगरेट निकाल कर सुलगाया। एख़लाक ने अपनी जेब में हाथ डाला और उससे मुख़ातिब हुआ, "ज़रा माचिस एनायत फ़रमाइए।"

लड़की के भाई ने उसको माचिस दे दी। एख़लाक ने अपना सिगरेट सुलगाया और माचिस उसको वापस दे दी, "शुक्रिया।"

लड़की की टाँग हिल रही थी। एख़लाक अपनी सीट पर बैठ गया। फ़िल्म का बकाया हिस्सा शुरू हुआ। एक दो मरतबा उसने मुड़कर लड़की की तरफ़ देखा।

इससे ज़्यादा वह कुछ न कर सका।

फ़िल्म ख़त्म हुई। लोग बाहर निकलने शुरू हुए। लड़की और उसका भाई साथ-साथ थे। एख़लाक उनसे हटकर पीछे-पीछे चलने लगा।

स्टैण्डर्ड के पास भाई ने अपनी बहिन से कुछ कहा। एक टाँगे वाले को बुलाया लड़की उसमें बैठ गयी। लड़का स्टैण्डर्ड में चला गया। लड़की ने नक़ाब में से एख़लाक की तरफ़ देखा। उसका दिल धक-धक करने लगा। टाँगा चल पड़ा। स्टैण्डर्ड के बाहर उसके तीन-चार दोस्त खड़े थे। उनमें से एक की साइकिल उसने जल्दी-जल्दी पकड़ी और टाँगे के तआकुब में रवाना हो गया।

यह तआकुब बड़ा दिलचस्प रहा। ज़ोर की हवा चल रही थी। लड़की के चेहरे पर से नक़ाब उठ-उठ जाती। स्याह जार्जट का पर्दा फड़फड़ा-फड़फड़ा कर उसके सफ़ेद चेहरे की झलकियाँ दिखाता था। कानों में सोने के बड़े-बड़े झूमर थे। पतले-पतले होंठों पर स्याही मायल सुर्ख़ी थी...और बालाई होंट पर तिल...वह अशद ज़रूरी तिल।

बड़े ज़ोर का झोंका आया तो एख़लाक के सिर पर से हैट उतर गया। और सड़क पर दौड़ने लगा। एक ट्रक गुज़र रहा था। उसके वज़नी पहिए के नीचे आया और वहीं चित हो गया। लड़की हँसी एख़लाक मुस्करा दिया। गर्दन मोड़कर हैट की लाश देखी तो बहुत पीछे रह गयी थी और लड़की से मुख़ातिब हो कर कहा, "उसको तो शहादत का रुतबा मिल गया।"

लड़की ने मुँह दूसरी तरफ़ मोड़ लिया।

एख़लाक थोड़ी देर के बाद फिर उससे मुख़ातिब हुआ, "आपको एतराज़ है तो वापस चले जाता हूँ।"

लड़की ने उसकी तरफ़ देखा मगर कोई जवाब न दिया।

अनारकली की एक गली में टाँगा रुका और वह लड़की उतरकर एख़लाक की तरफ़ बार-बार देखती नक़ाब उठाकर एक मकान में दाख़िल हो गयी। एख़लाक एक पाँव साइकिल की पैडल पर और दूसरा पाँव दुकान के थड़े पर रखे थोड़ी देर खड़ा रहा। साइकिल चलाने ही वाला था कि उस मकान की पहली मंजिल पर एक खिड़की खुली। लड़की ने झाँक कर एख़लाक को देखा, मगर फ़ौरन ही शरमा कर पीछे हट गयी। एख़लाक तक़रीबन आधा घंटा वहाँ खड़ा रहा, मगर वह फिर खिड़की में नमूदार न हुई।

दूसरे रोज़ एख़लाक सुबह-सबेरे अनारकली की उस गली में पहुँचा। पन्द्रह-बीस मिनट तक इधर-उधर घूमता रहा। खिड़की बन्द थी। मायूस हो कर लौटने वाला था कि एक फ़ालसे बेचने वाला सदा लगाता आया। खिड़की खुली, लड़की सिर से नंगी नमूदार हुई। उसने फ़ालसे वाले को आवाज़ दी।

"भाई फ़ालसे वाले ज़रा ठहरना", फिर उसकी निगाहें एक़दम एख़लाक पर

पड़ीं। चौंक कर वह पीछे हट गयी। फ़ालसे वाले ने सिर पर से छाबड़ी उतारी और बैठ गया। थोड़ी देर के बाद वह लड़की सिर पर दुपट्टा लिये नीचे आयी। 'एख़लाक' को उसने कनखियों से देखा। शरमायी और फ़ालसे लिये बग़ैर वापस चली गयी।

एख़लाक को ये अदा बहुत पसन्द आयी, थोड़ा-सा तरस भी आया। फ़ालसे वाले ने जब उसको घूर के देखा तो वह वहाँ से चल दिया। "चलो आज इतना ही काफ़ी है।"

चन्द दिन मैं ही एख़लाक और उस लड़की में इशारे शुरू हो गये। हर रोज़ सुबह नौ बजे वह अनारकली की उस गली में पहुँचता। खिड़की खुलती वह सलाम करता वह जवाब देती, मुस्कराती। हाथ के इशारों से कुछ बातें होतीं। इसके बाद वह चली जाती।

एक रोज़ उँगलियाँ घुमाकर उसने एख़लाक को बताया कि वह शाम के छह बजे के शो में सिनेमा देखने जा रही है। एख़लाक ने इशारों के ज़रिये से पूछा, "कौन से सिनेमा हाउस में" उसने जवाब में कुछ इशारे किये, मगर एख़लाक न समझा। आख़िर में उसने इशारों में कहा, "काग़ज़ पर लिखकर नीचे फ़ेंक दो।"

लड़की खिड़की से हट गयी। चन्द लम्हात के बाद उसने इधर-उधर देख कर काग़ज़ की एक मड़ोरी सी नीचे फेंक दी। एख़लाक ने उसे खोला। लिखा था।

"प्लाज़ा...परवीन।"

शाम को प्लाज़ा में उसकी मुलाक़ात परवीन से हुई। उसके साथ उसकी सहेली थी। एख़लाक उसके साथ वाली सीट पर बैठ गया। फ़िल्म शुरू हुई तो परवीन ने नक़ाब उठा लिया। एख़लाक सारा वक़्त उसको देखता रहा। उसका दिल धक-धक करता था। इण्टरवल से कुछ पहले उसने आहिस्ता से अपना हाथ बढ़ाया और उसके हाथ पर रख दिया। वह काँप उठी। एख़लाक ने फ़ौरन हाथ उठा लिया। दरअस्ल वह उसको अँगूठी देना चाहता था, बल्कि ख़ुद पहनाना चाहता था। जो उसने उसी रोज़ ख़रीदी थी। इण्टरवल ख़त्म हुआ तो उसने फिर अपना हाथ बढ़ाया और उसके हाथ पर रख दिया। वह काँपी, लेकिन एख़लाक ने हाथ न हटाया। थोड़ी देर के बाद उसने अँगूठी निकाली और उसकी एक उँगली में चढ़ा दी।...वह बिलकुल ख़ामोश रही। एख़लाक ने उसकी तरफ़ देखा। पेशानी और नाक पर पसीने के नन्हे-नन्हे क़तरे थर-थरा रहे थे।

फ़िल्म ख़त्म हुई तो एख़लाक और परवीन की यह मुलाक़ात भी ख़त्म हो गयी। बाहर निकल कर कोई बात न हो सकी। दोनों सहेलियाँ टाँगे में बैठीं। एख़लाक को दोस्त मिल गये। उन्होंने उसे रोक लिया। लेकिन वह बहुत खुश था। इसलिए कि परवीन ने उसका तोहफ़ा कुबूल कर लिया था।

दूसरे रोज़ मुकर्रश औक़ात पर जब एख़लाक परवीन के घर के पास पहुँचा तो

खिड़की खुली थी। एख़लाक ने सलाम किया। परवीन ने जवाब दिया। उसके दाहिने हाथ की उगँली में उसकी पहनाई हुई अँगूठी चमक रही थी।

थोड़ी देर इशारे होते रहे इसके बाद परवीन ने इधर-उधर देख कर एक लिफ़ाफ़ा नीचे फेंक दिया। एख़लाक ने उठाया। खोला तो उसमें एक ख़त था। अँगूठी के शुक्रिये का।

घर पहुँचकर एख़लाक ने एक तवील जवाब लिखा। अपना दिल निकाल कर काग़ज़ों पर रख दिया। इस ख़त को उसने फूलदार लिफ़ाफ़े में बन्द किया। उसपर सेंट लगाया और दूसरे रोज़ सुबह नौ बजे परवीन को दिखा कर नीचे लेटर बाक्स में डाल दिया।

अब उनमें बाक़ायदा ख़त-ओ-किताबत शुरू हो गयी। हर ख़त इश्क़-ओ-मुहब्बत का एक दफ़्तर था। एक ख़त 'एख़लाक' ने अपने ख़ून से लिखा। जिसमें उसने क़सम खायी कि वह हमेशा अपनी मुहब्बत में साबित क़दम रहेगा। उसके जवाब में ख़ूनी तहरीर ही आयी। परवीन ने भी हलफ उठाया कि वह मर जायेगी लेकिन एख़लाक के सिवा और किसी को शरीक-ए-हयात नहीं बनाएगी।

महीनों गुज़र गये। इस दौरान में कभी-कभी सिनेमा में दोनों की मुलाक़ात हो जाती थी। मिलकर बैठने का मौक़ा उन्हें नहीं मिलता था। परवीन पर घर की तरफ़ से...बहुत कड़ी पाबन्दियाँ आमद थीं। वह बाहर निकलती थी या तो अपने भाई के साथ या अपनी सहेली 'ज़हरा' के साथ। इन दो के अलावा उसको और किसी के साथ बाहर जाने की इजाज़त नहीं थी। एख़लाक ने उसे कई मरतबा लिखा कि 'ज़हरा' के साथ वह कभी उसे बारहदरी में या जहाँगीर के मकबरे में मिले। मगर वह न मिली। उसको डर था कि कोई देख लेगा।

इस असना में 'एख़लाक' के वालदैन ने उसकी शादी की बात-चीत शुरू कर दी। एख़लाक टालता रहा। जब उन्होंने तंग आकर एक जगह बात कर दी तो एख़लाक बिगड़ गया। बहुत हंगामा हुआ। यहाँ तक कि एख़लाक को घर से निकल कर एक रात इस्लामिया कॉलेज की ग्राउण्ड में सोना पड़ा। इधर परवीन रोती रही। खाने को हाथ तक न लगाया।

एख़लाक धुन का बहुत पक्का था। ज़िद्दी भी परले दर्ज़े का था। घर से बाहर क़दम निकाला तो फिर उधर रुख़ तक न किया। उसके वालिद ने उसको बहुत समझाया—बुझाया, मगर वह न माना। एक दफ़्तर में सौ रुपये माहवार पर नौकरी कर ली और एक छोटा-सा मकान किराये पर ले कर रहने लगा। जिसमें नल था न बिजली।

उधर परवीन एख़लाक की तकलीफ़ों के दुख में घुल रही थी। घर में जब अचानक उसकी शादी की बात-चीत शुरू हुई तो उसपर बिजली-सी गिरी। उसने एख़लाक को लिखा। वह बहुत परेशान हुआ, लेकिन परवीन को उसने तसल्ली दी

कि वह घबराए नहीं। साबित क़दम रहिए। इश्क़ उनका इम्तेहान ले रहा है।

बारह दिन गुज़र गये। एख़लाक कई बार गया। मगर परवीन खिड़की में नज़र न आयी। वह सब्र-ओ-क़रार खो बैठा। नींद उसकी ग़ायब हो गयी। उसने दफ़्तर जाना छोड़ दिया। ज़्यादा नागे हुए तो उसको मुलाज़मत से बरतरफ़ कर दिया गया। उसको कुछ होश नहीं था। बर तरफ़ी का नोटिस मिला तो वह सीधा परवीन के मकान की तरफ़ चल पड़ा। पन्द्रह दिनों के तवील अर्से के बाद उसे परवीन नज़र आयी। वह भी एक लहज़े के लिए। जल्दी से लिफ़ाफ़ा फेंक कर वह चली गयी।

ख़त बहुत तवील था। परवीन की ग़ैर-हाज़िरी का बायस यह था कि उसका बाप उसको अपने साथ गोचर-अम्बाला ले गया था। जहाँ उसकी बड़ी बहिन रहती थी। पन्द्रह दिन वह ख़ून के आँसू रोती रही। उसका जहेज़ तैयार किया जा रहा था, लेकिन उसको महसूस होता था कि उसके लिए रंग-बिरगे कफ़न बन रहे हैं। ख़त के आख़िर में ये लिखा था, तारीख़ मुक़र्रर हो चुकी है...मेरी मौत की तारीख़ मुकर्रर हो चुकी है। मैं मर जाऊँगी...मैं ज़रूर कुछ खा के मर जाऊँगी। इसके सिवा और कोई रास्ता मुझे दिखायी नहीं देता...नहीं-नहीं एक और रास्ता भी है... लेकिन मैं क्या इतनी हिम्मत कर सकूँगी। तुम भी इतनी हिम्मत कर सकोगे...मैं तुम्हारे पास चली जाऊँगी...मुझे तुम्हारे पास आना ही पड़ेगा। तुमने मेरे लिए घर-बार छोड़ा। मैं तुम्हारे लिए यह घर नहीं छोड़ सकती, जहाँ मेरी मौत के सामान हो रहे हैं...लेकिन मैं बीवी बनकर तुम्हारे साथ रहना चाहती हूँ। तुम शादी का बन्दोबस्त कर लो। मैं सिर्फ़ तीन कपड़ों मे आऊँगी। ज़ेवर बग़ैरा सब उतारकर यहाँ फेंक दूँगी।...जवाब जल्दी दो, हमेशा तुम्हारी। परवीन।

एख़लाक ने कुछ न सोचा। फ़ौरन उसको लिखा "मेरी बाँहें तुम्हें अपने आगोश में लेने के लिए तड़प रही हैं। मैं तुम्हारी इज़्ज़त-ओ-इसमत पर कोई हर्फ़ नहीं आने दूँगा। तुम मेरी रफ़ीक़ा-ए-हयात बनके रहोगी। ज़िन्दगी भर मैं तुम्हें ख़ुश रखूँगा।"

एक-दो ख़त और लिखे गये इसके बाद तय किया कि परवीन बुद्ध को सुबह-सबेरे घर से निकलेगी। 'एख़लाक' टाँगा ले कर गली के नुक्कड़ पर उसका इन्तेज़ार करे।

बुद्ध को मुँह अँधेरे 'एख़लाक' टाँगे में वहाँ पहुँचकर परवीन का इन्तेज़ार करने लगा। पन्द्रह-बीस मिनट गुज़र गये। एख़लाक का इज़्तिराब बढ़ गया। लेकिन वह आ गयी। छोटे-छोटे क़दम उठाती वह गली में नमूदार हुई। चाल में लड़खड़ाहट थी। जब वह टाँगे में एख़लाक के साथ बैठी तो सिर ता पा काँप रही थी। 'एख़लाक' ख़ुद भी काँपने लगा।

घर पहुँचे तो 'एख़लाक' ने बड़े प्यार से उसको बुर्के की नक़ाब उठाई और

कहा, "मेरी दुल्हन कब तक मुझसे पर्दा करेगी।"

परवीन ने शरमाकर आँखें झुका लीं। उसका रंग ज़र्द था। ज़िस्म अभी तक काँप रहा था। एख़लाक ने बालाई होंट के तिल की तरफ़ देखा तो उसके होंटों में एक बोसा तड़पने लगा। उसके चेहरे को अपने हाथों में थामकर उसने तिल वाली जगह को चूमा। परवीन ने न न की उसके होंट खुले। दाँतों में गोश्त ख़ोरा था। मसूढ़े गहरे नीले रंग के थे गले हुये। सड़ाँध का एक भभका एख़लाक की नाक में घुस गया। एक धक्का-सा उसको लगा। एक और भभका परवीन के मुँह से निकला तो वह एक़दम पीछे हट गया।

परवीन ने हया-आलूद आवाज़ में कहा, "शादी से पहले आपको ऐसी बातों का हक नहीं पहुँचता" यह कहते हुए उसके गले हुये मसूढ़े नुमायाँ हुए, एख़लाक के होश-ओ-हवास ग़ायब थे। दिमाग़ सुन्न हो गया था। देर तक वह दोनों पास-पास बैठे रहे। 'एख़लाक' को कोई बात नहीं सूझती थी। परवीन की आँखें झुकी हुई थीं। जब उसने उँगली का नाख़ून काटने के लिए होंट खोले तो फिर उन गले हुए मसूढ़ों की नुमाइश हुई। बू का एक भभका निकला। एख़लाक को मतली आने लगी। सोचा। जब कुछ समझ में न आया तो लायलपूर रवाना हो गया। जहाँ उसका एक दोस्त रहता था। 'एख़लाक' ने सारा वाक़या सुनाया तो उसने बहुत लअन-तअन की और उससे कहा, "फ़ौरन वापस जाओ कहीं बेचारी ख़ुदकशी न कर ले।"

एख़लाक रात को वापस लाहौर आया। घर में दाख़िल हुआ तो परवीन मौजूद नहीं थी...पलँग पर तकिया पड़ा था। उसपर दो गोल-गोल निशान थे। गीले।

इसके बाद 'एख़लाक' को 'परवीन' कहीं नज़र न आयी।

5 जून, 1950 ई.

कुत्ते की दुआ

"आप यक़ीन नहीं करेंगे, मगर यह वाक़या जो मैं आपको सुनाने वाला हूँ, बिलकुल सही है" यह कह कर शेख़ साहब ने बीड़ी सुलगायी। दो-तीन ज़ोर के कश ले कर उसे फेंक दिया और अपनी दास्तान सुनाना शुरू की। शेख़ साहब के मिज़ाज से हम वाक़िफ़ थे, इसलिए हम ख़ामोशी से सुनते रहे। दरमियान में उनको कहीं भी न टोका। आप ने वाक़या यूँ बयान करना शुरू किया। गोल्डी मेरे पास पन्द्रह बरस से था। जैसा कि नाम से ज़ाहिर है...उसका रंग सुनहरी मायल मूसला था। बहुत ही हसीन कुत्ता था। जब मैं सुबह उसके साथ बाग़ की सैर को निकलता तो लोग उसको देखने के लिए खड़े हो जाते थे। लारेंस गार्डन के बाहर मैं उसे खड़ा कर देता। "गोल्डी खड़े रहना यहाँ, मैं अभी आता हूँ।" यह कहकर बाग़ के अन्दर चला जाता। घूम-फिरकर आधे घण्टे के बाद वापस आता तो गोल्डी वहीं अपने लम्बे-लम्बे बाल लटकाए खड़ा होता।

स्पेशल जात के कुत्ते आम तौर पर बड़े अनाअत गुज़ार और फ़रमाबरदार होते हैं। मगर मेरे गोल्डी में ये सिफ़ात बहुत नुमायाँ थीं। जब तक उसको अपने हाथ से खाना न दूँ, नहीं खाता था। दोस्त यारों ने मेरा मान तोड़ने के लिए लाखों जतन किये मगर गोल्डी ने उनके हाथ से एक दाना तक न खाया।

एक रोज़ इत्तफ़ाक़ की बात है। मैं लारेंस के बाहर उसे छोड़ कर अन्दर गया तो एक दोस्त मिल गया। घूमते-घामते काफ़ी देर हो गयी। इसके बाद वह मुझे अपनी कोठी ले गया। मुझे शतरंज खेलने का मर्ज़ था। बाज़ी शुरू हुई तो मैं दुनिया-ओ-माफ़ीहा भूल गया। कई घण्टे बीत गये। दफ़तन मुझे गोल्डी का ख़याल आया। बाजी छोड़, लारेंस के गेट की तरफ़ भागा। गोल्डी वहीं अपने लम्बे-लम्बे कान लटकाए खड़ा था। मुझे उसने अजीब नज़रों से देखा जैसे कह रहा है, "दोस्त, तुमने आज अच्छा सुलूक किया मुझसे।"

मैं बेहद नादिम हुआ। चुनांचे आप यक़ीन जाने मैंने शतरंज खेलना छोड़ दी ...माफ़ कीजिएगा। मैं असल वाक़ये की तरफ़ अभी तक नहीं आया। दरअसल गोल्डी की बात शुरू हुई तो, मैं चाहता हूँ कि उसके मुताल्लिक़ मुझे जितनी बातें

याद हैं आपको सुना दूँ...मुझे उससे बेहद मुहब्बत थी। मेरे मुजर्रिद रहने का एक बायस उसकी मुहब्बत भी थी, जब मैंने शादी न करने का तहय्या किया तो उसको ख़सी करा दिया।...आप शायद कहें कि मैंने ज़ुल्म किया, लेकिन मैं समझता हूँ मुहब्बत में हर चीज़ रवा है...मैं उसकी ज़ात के सिवा और किसी को वाबस्ता देखना नहीं चाहता था।

कई बार मैंने सोचा अगर मैं मर गया तो यह किसी और के पास चला जायेगा। कुछ देर मेरी मौत का असर उस पर रहेगा। इसके बाद मुझे भूलकर अपने नये आका से मुहब्बत करना शुरू कर देगा। जब मैं ये सोचता तो मुझे बहुत दुख होता। लेकिन मैंने यह तहय्या कर लिया था कि अगर मुझे अपनी मौत की आमद क़ा पूरा यक़ीन हो गया तो मैं गोल्डी को हलाक कर दूँगा। आँखें बन्द करके उसे गोली का निशाना बना दूँगा।

गोल्डी कभी एक लम्हें के लिए मुझसे जुदा नहीं हुआ था। रात को हमेशा मेरे साथ सोता। मेरी तन्हा ज़िन्दगी में वह एक रोशनी थी। मेरी बेहद फीकी ज़िन्दगी में उसका वजूद एक शीरीनी था। उससे मेरी ग़ैरमामूली मुहब्बत देख कर दोस्त मज़ाक़ उड़ाते थे, "शेख़ साहब गोल्डी कुतिया होती तो आपने ज़रूर उससे शादी कर ली होती।"

ऐसे ही कई और भी फ़िकरे कसे जाते, लेकिन मैं मुस्करा देता। गोल्डी बड़ा ज़हीन था। उसके मुताल्लिक़ जब कोई बात होती तो फ़ौरन उसके कान खड़े हो जाते थे। मेरे हल्के से हल्के इशारे को भी वह समझ लेता था। मेरे मूड के सारे उतार-चढ़ाव उसे मालूम होते। मैं अगर किसी वजह से रंजीदा होता तो वह मेरे साथ चुहलें शुरू कर देता। मुझे खुश करने के लिए हर मुमकिन कोशिश करता।

अभी उसने टाँग उठाकर पेशाब करना नहीं सीखा था यानी अभी कमसिन था कि उसने एक बर्तन को जोकि ख़ाली था, थूथनी बढ़ाकर सूँघा। मैंने उसे झिड़का तो दुम दबाकर वहीं बैठ गया...पहले उसके चेहरे पर हैरत-सी पैदा हुई थी कि हैं ये मुझसे क्या हो गया। देर तक गर्दन ज्योढ़ाये बैठा रहा, जैसे निदामत के समन्दर में ग़र्क़ है। मैं उठा। उठकर उसको अपनी गोद में लिया। प्यारा, पुचकारा। बड़ी देर के बाद जा कर उसकी दुम हिली...मुझे बहुत तरस आया कि मैंने ख़्वामख़्वाह उसे डाँटा। क्योंकि उस रोज़ रात को ग़रीब ने खाने को मुँह न लगाया। वह बड़ा हस्सास कुता था।

मैं बहुत बे-परवाह आदमी हूँ। मेरी ग़फ़लत से उसको एक बार निमोनिया हो गया। मेरे औसान ख़ता हो गये। डॉक्टरों के पास दौड़ा। एलाज शुरू हुआ, मगर असर नदारद। मुतवातिर सात रातें जागता रहा। उसको बहुत तकलीफ़ थी। साँस बड़ी मश्किल से आता था। जब सीनें में दर्द उठता तो वह मेरी तरफ़ देखता। जैसे यह कह रहा है, "फ़िक्र की कोई बात नहीं मैं ठीक हो जाऊँगा।"

कई बार मैंने महसूस किया कि सिर्फ़ मेरे आराम की ख़ातिर उसने यह ज़ाहिर करने की कोशिश की है कि उसकी तकलीफ़ कुछ कम है। वह आँखें मीच लेता ताकि मैं थोड़ी देर आँख लगा लूँ। आठवें रोज़ ख़ुदा-ख़ुदा करके उसका बुख़ार हल्का हुआ और आहिस्ता-आहिस्ता उतर गया। मैंने प्यार से उसके सिर पर हाथ फेरा तो मुझे एक थकी-थकी-सी मुस्कराहट उसकी आँखों में तैरती नज़र आयी।

निमोनिये के ज़ामिल हमले के बाद देर तक उसको नक़ाहत रही। लेकिन ताक़तवर दवाओं ने उसे ठीक-ठाक कर दिया। एक लम्बी ग़ैरहाज़िरी के बाद लोगों ने मुझे उसके साथ देखा तो तरह-तरह के सवाल करने शुरू किये। "आशिक-ओ-माशूक कहाँ ग़ायब थे इतने दिनों।"

"आपस में कहीं लड़ाई तो नहीं हो गयी थी।"

"किसी और से तो नज़र नहीं लड़ गयी थी गोल्डी की।"

मैं ख़ामोश रहा। गोल्डी ये बातें सुनता तो एक नज़र मेरी तरफ़ देख कर ख़ामोश हो जाता कि भूँकने दो कुत्तों को।

वह मिस्ल मशहूर है। कुन्द हम जिंस बाहम जिंस परवाज़। कबूतर ब कबूतर बाज़ ब बाज़। लेकिन गोल्डी को अपने हम जिंसों में कोई दिलचस्पी नहीं थी। उसकी दुनिया सिर्फ़ मेरी जात थी। इससे बाहर वह कभी निकलता ही नहीं था।

गोल्डी मेरे पास नहीं था। जब एक दोस्त ने मुझे अख़बार पढ़कर सुनाया। उसमें एक वाक़या लिखा था। आप सुनिए बड़ा दिलचस्प है। अमेरिका या इंगलिस्तान मुझे याद नहीं कहाँ। एक शख़्स के पास कुता था। मालूम नहीं किस ज़ात का उस शख़्स का आपरेशन होना था। उसको अस्पताल ले गये तो कुत्ता भी साथ हो लिया। स्ट्रेचर पर डालकर उसको आपरेशन-रूम में ले जाने लगे तो कुत्ते ने अन्दर जाना चाहा। मालिक ने उसको रोका और कहा 'बाहर खड़े रहो, मैं अभी आता हूँ'...कुत्ता हुक्म सुन कर बाहर खड़ा हो गया। अन्दर मालिक का आपरेशन हुआ। जो नाकाम साबित हुआ...उसकी लाश दूसरे दरवाज़े से बाहर निकाल दी गयी...कुत्ता बारह बरस तक वहीं खड़ा अपने मालिक का इन्तेज़ार करता रहा। पेशाब, पाख़ाने के लिए कुछ देर वहाँ से हटता...फिर वहीं खड़ा हो जाता। आख़िर एक रोज़ मोटर की लपेट में आ गया और बुरी तरह ज़ख़्मी हुआ। मगर इस हालत में भी वह ख़ुद को घसीटता हुआ वहाँ पहुँचा। जहाँ उसके मालिक ने उसे इन्तेज़ार करने के लिए कहा था। आख़री साँस उसने उसी जगह लिया।...ये भी लिखा था...कि अस्पताल वालों ने उसकी लाश में भुस भरके उसको वहीं रख दिया है जैसे वह अब भी अपने आका के इन्तेज़ार में खड़ा है।

मैंने यह दास्तान सुनी तो मुझपर कोई ख़ास असर न हुआ। अव्वल तो मुझे उसकी सेहत ही का यक़ीन न आया, लेकिन जब गोल्डी मेरे पास आया और मुझे उसकी सिफ़ात का इल्म हुआ तो बहुत बरसों के बाद मैंने यह दास्तान कई दोस्तों

को सुनाई। सुनाते वक़्त मुझपर एक रक़्क़त तारी हो जाती थी और मैं सोचने लगता था, 'मेरे गोल्डी से भी कोई ऐसा कारनामा बाबस्ता होना चाहिए...गोल्डी मामूली हस्ती नहीं है।'

गोल्डी बहुत मतीन और संजीदा था। बचपन में उसने थोड़ी शरारतें कीं मगर जब उसने देखा कि मुझे पसन्द नहीं तो उनको तर्क कर दिया। आहिस्ता-आहिस्ता संजीदगी एख़्तियार कर ली जो दम-ए-मर्ग क़ायम रही।

मैंने ता दम-ए-मर्ग कहा है तो मेरी आँखों में आँसू आ गये हैं।

शेख साहब रुक गये उनकी आँखें नम-आलूद हो गयी थीं। हम ख़ामोश रहे। थोड़े अर्से के बाद उन्होंने रूमाल निकाल कर अपने आँसू पोंछे और कहना शुरू किया, ये मेरी ज़्यादती है कि मैं ज़िन्दा हूँ...लेकिन शायद इसलिए ज़िन्दा हूँ कि इंसान हूँ...मर जाता तो शायद गोल्डी की तौहीन होती...जब वह मरा तो रो-रो कर मेरा बुरा हाल था। मैंने उसको मरवा दिया था। इसलिए नहीं कि मुझे अपनी मौत की आमद का यक़ीन हो गया था...वह पागल हो गया था। ऐसा पागल नहीं जैसा कि आम पागल कुत्ते होते हैं। उसके मर्ज़ का कुछ पता ही नहीं चलता था। उसको सख़्त तकलीफ़ थी। जाकनी का-सा आलम उसपर तारी था। डॉक्टरों ने कहा इसका वाहिद इलाज यही है कि इसको मरवा दो। मैंने पहले सोचा नहीं, लेकिन वो जिस अज़ीयत में गिरफ़्तार था मुझसे देखी नहीं जाती थी। मैं मान गया। वो उसे एक मरे में ले गये। जहाँ बर्क़ी झटका पहुँचाकर हलाक करने वाली मशीन थी। मैं अभी अपने नहीफ़ दिमाग़ में अच्छी तरह कुछ सोच भी न सका था कि वह उसकी लाश ले आये...मेरी गोल्डी की लाश। जब मैंने उसे अपने बाजुओं में उठाया तो मेरे आँसू टप-टप उसके सुनहरे बालों पर गिरने लगे जो पहले कभी गर्द-आलूद नहीं हुए थे।...टाँगे में उसे घर लाया। देर तक उसको देखा किया। पन्द्रह साल की रफ़ाक़त की लाश मेरे बिस्तर पर पड़ी थी।...कुरबानी का मुजस्समा टूट गया था। मैंने उसको नहलाया...कफ़न पहनाया। बहुत देर तक सोचता रहा कि अब क्या करूँ...ज़मीन में दफ़न करूँ या जला दूँ।

ज़मीन में दफ़न करता तो उसकी मौत का एक निशान रह जाता। ये मुझे पसन्द नहीं था मालूम नहीं क्यों। यह भी मालूम नहीं कि मैंने उसको क्यों ग़र्क़-ए-दरिया करना चाहा। मैंने उसके मुताल्लिक़ अब भी कई बार सोचा है। मगर मुझे कोई जवाब नहीं मिला...ख़ैर मैंने एक नयी बोरी में उसकी कफ़नाई हुई लाश डाली...धो-धा कर बट्टे उसमें डाले और दरिया की तरफ़ रवाना हो गया।

जब बेड़ी दरिया के दरमियान में पहुँची और मैंने बोरी की तरफ़ देखा तो गोल्डी से पन्द्रह बरस की रफ़ाक़त-ओ-मुहब्बत एक बहुत ही तेज़ तल्ख़ी बनकर मेरे हलक़ में अटक गयी। मैंने अब ज़्यादा देर करना मुनासिब न समझा। काँपते हुए हाथों से बोरी उठाई और दरिया में फेंक दी। बहते हुए पानी की चादर पर कुछ

बुलबुले उठे और हवा में हल हो गये।

बेड़ी वापस साहिल पर आयी। मैं उतरकर देर तक उसकी तरफ़ देखता रहा। जहाँ मैंने गोल्डी को ग़र्क़-ए-आब किया था...शाम का धुँधलका छाया हुआ था। पानी बड़ी ख़ामोशी से बह रहा था जैसे वह गोल्डी को अपनी गोद में सुला रहा है।

ये कहकर शेख़ साहब ख़ामोश हो गये। चन्द लम्हात के बाद हममें से एक ने उनसे पूछा, "लेकिन शेख साहब आप तो ख़ास वाक़या सुनाने वाले थे।"

शेख़ साहब चौंके। ओह...माफ कीजिएगा। मैं अपनी रौ में जाने कहाँ से कहाँ पहुँच गया...वाक़या यह था कि...मैं अभी अर्ज़ करता हूँ...पन्द्रह बरस हो गये थे हमारी रफ़ाक़त को। उस दौरान में मैं कभी बीमार नहीं हुआ था। मेरी सेहत माशाअल्लाह बहुत अच्छी थी, लेकिन जिस दिन मैंने गोल्डी की पन्द्रहवीं सालगिरह मनाई। उसके दूसरे दिन मैंने आज़ा शिकनी महसूस की। शाम को यह आज़ा शिकनी तेज़ बुख़ार में तब्दील हो गयी। रात सख़्त बेचैन रहा, गोल्डी जागता रहा। एक आँख बन्द करके दूसरी आँख से मुझे देखता रहा। पलँग पर से उतर कर नीचे जाता। फिर आकर बैठ जाता।

ज़्यादा उम्र हो जाने के बायस उसकी बीनायी और समाअत कमज़ोर हो गयी थी। लेकिन ज़रा-सी आहट होती तो वो चौंक पड़ता और अपनी धुँधली आँखों से मेरी तरफ़ देखता और जैसे ये पूछता..."यह क्या हो गया है तुम्हें।"

उसको हैरत थी कि मैं इतनी देर तक पलँग पर क्यों पड़ा हूँ, लेकिन वो जल्दी ही सारी बात समझ गया। जब मुझे बिस्तर पर लेटे कई दिन गुज़र गये तो उसके साल ख़ुर्दह चेहरे पर अफ़सुर्दगी छा गयी। मैं उसको अपने हाथ से खिलाया करता था। बीमारी के आगाज़ में तो मैं उसको खाना देता रहा। जब नक़ाहत बढ़ गयी तो मैंने एक दोस्त से कहा कि वह सुबह-शाम गोल्डी को खाना खिलाने आ जाया करे। वह आता रहा, मगर गोल्डी ने प्लेट की तरफ़ मुँह न किया। मैंने बहुत कहा, लेकिन वो न माना। एक मुझे अपने मर्ज़ की तकलीफ़ थी जो दूर होने ही में नहीं आता था। दूसरे मुझे गोल्डी की फ़िक्र थी। जिसने खाना-पीना बिलकुल बन्द कर दिया था।

अब उसने पलँग पर बैठना लेटना भी छोड़ दिया। सामने दीवार के पास सारा दिन और सारी रात ख़ामोश बैठा अपनी धुँधली आँखों से मुझे देखता रहता। इससे मुझे और भी दुख हुआ। वह कभी नंगी ज़मीन पर नहीं बैठा था। मैंने उससे बहुत कहा, लेकिन वो न माना। वह बहुत ज़्यादा ख़ामोश हो गया था। ऐसा मालूम होता था कि ग़म-ओ-अंदोह में ग़र्क़ है। कभी-कभी उठकर पलँग के पास आता। अजीब हसरत-भरी नज़रों से मेरी तरफ़ देखता और गर्दन झुकाकर वापस दीवार के पास चला जाता।

एक रात लैम्प की रोशनी में मैंने देखा कि गोल्डी की धुँधली आँखों में आँसू

चमक रहे हैं। उसके चेहरे से हुज़्न-ओ-मलाल बरस रहा था। मुझे बहुत दुख पहुँचा। मैंने उसे हाथ के इशारे से बुलाया। लम्बे-लम्बे सुनहरे कान हिलाता वह मेरे पास आया। मैंने बड़े प्यार से कहा, "गोल्डी मैं अच्छा हो जाऊँगा। तुम दुआ माँगो...तुम्हारी दुआ ज़रूर कुबूल होगी।"

यह सुन कर उसने बड़ी उदास आँखों से मुझे देखा, फिर सिर ऊपर उठाकर छत की तरफ़ देखने लगा। जैसे दुआ माँग रहा है...कुछ देर वह इस तरह खड़ा रहा...मेरे ज़िस्म पर झुरझुरी-सी तारी हो गयी। एक अजीब-ओ-ग़रीब तस्वीर मेरी आँखों के सामने थी। गोल्डी सचमुच दुआ माँग रहा था...मैं सच अर्ज़ करता हूँ वह सिर ता पा दुआ था। मैं कहना नहीं चाहता। लेकिन उस वक़्त मैंने महसूस किया कि उसकी रूह ख़ुदा के हूज़ुर पहुचँकर गिड़गिड़ा रही है।

मैं चन्द ही दिनों में अच्छा हो गया। लेकिन गोल्डी की हालत ग़ैर हो गयी। जब तक मैं बिस्तर पर था। वो आँखें बन्द किये दीवार के साथ ख़ामोश बैठा रहा। मैं हिलने-डुलने के क़ाबिल हुआ तो मैंने उसको खिलाने-पिलाने की कोशिश की मगर बे सूद। उसको अब किसी शय से दिलचस्पी नहीं थी। दुआ माँगने के बाद जैसे उसकी सारी ताक़त ज़ायल हो गयी थी।

मैं उससे कहता, "मेरी तरफ़ देखो गोल्डी...मैं अच्छा हो गया हूँ...ख़ुदा ने तुम्हारी दुआ कुबूल कर ली है।" लेकिन वो आँखें न खोलता। मैंने दो-तीन दफ़ा डॉक्टर बुलाया। उसने इंजेक्शन लगाये, पर कुछ न हुआ। एक दिन मैं डॉक्टर ले कर आया तो उसका दिमाग़ चल चुका था।

मैं उठकर उसे बड़े डॉक्टर के पास ले गया और उसको बर्क़ी ज़र्ब से हलाक करा दिया।

मुझे मालूम नहीं बाबर ओर हुमायूँ वाला किस्सा कहाँ तक सही है...लेकिन ये वाक़आ हर्फ़ ब हर्फ़ दुरुस्त है।

6 जून, 1950

शेर आया, शेर आया, दौड़ना

ऊँचे टीले पर गड़रिये का लड़का खड़ा, दूर जंगलों की तरफ़ मुँह किये चिल्ला रहा था : "शेर आया, शेर आया, दौड़ना!"

बहुत देर तक वह अपना गला फाड़ता रहा। उसकी जवान बुलन्द आवाज़ बहुत देर तक फ़ज़ाओं में गूँजती रही—जब चिल्ला-चिल्ला कर उसका हलक़ सूख गया तो बस्ती से दो-तीन बूढ़ें लाठियाँ टेकते हुए आये और गड़रिये के लड़के को कान से पकड़कर ले गये।"

पंचायत बुलाई गयी—बस्ती के सारे अक्लमन्द जमा हुए और गड़रिये के लड़के का मुक़दमा शुरू हुआ।

फ़र्द जुर्म यही थी कि उसने ग़लत ख़बर दी और बस्ती के अमन में ख़लल डाला।

लड़के ने कहा : "मेरे बुजुर्गों, तुम ग़लत समझते हो...शेर आया नहीं था, लेकिन इसका यह मतलब नहीं है कि आ नहीं सकता।"

जवाब मिला : "वह नहीं आ सकता।"

लड़के ने पूछा : "क्यों?"

जवाब मिला : "महकमा-ए-जंगलात के अफ़सर ने हमें चिट्ठी भेजी थी कि शेर बूढ़ा हो चुका है।"

लड़के ने कहा : "लेकिन तुम्हें यह मालूम नहीं कि उसने, थोड़े ही रोज़ हुए, कायाकल्प कराई है।"

जवाब मिला : "यह अफ़वाह है...हमने महकमा-ए-जंगलात से पूछा था और हमें यह जवाब मिला था कि कायाकल्प कराने के बजाय शेर ने तो अपने सारे दाँत निकलवा दिये हैं, क्योंकि वह अपनी ज़िन्दगी के बकाया दिन अहिंसा में गुज़ारना चाहता है।"

लड़के ने बड़े जोश के साथ कहा : "मेरे बुजुर्गों, क्या यह जवाब झूठा नहीं हो सकता?"

सबने बयक ज़बान हो कर कहा : "हमें महक़मा-ए-जंगलात के अफ़सर पर पूरा भरोसा है, इसलिए कि वह सच बोलने का हलफ़ उठा चुका है।"

लड़के ने पूछा : "क्या यह हलफ़ झूठा नहीं हो सकता?"

जवाब मिला : "हरगिज़ नहीं...तुम साज़िशी हो, फिफ्थ कालमिस्ट हो, कम्युनिस्ट

हो, ग़द्दार हो, तरक़्क़ी पसन्द हो...सआदत हसन मंटो हो।"

लड़का मुसकराया : "ख़ुदा का शुक्र है कि मैं वह शेर नहीं, जो आनेवाला है...मैं महकमा-ए-जंगलात का सच बोलने वाला अफ़सर भी नहीं...मैं..."

पंचायत के एक बूढ़े आदमी ने लड़के की बात काटकर कहा : "तुम उसी गड़रिये के लड़के की औलाद हो, जिसकी कहानी सालहासाल से स्कूलों की इब्तिदाई जमाअतों[1] में पढ़ाई जा रही है...तुम्हारा हश्र भी वही होगा, जो उसका हुआ था...शेर आयेगा तो तुम्हारी ही तिक्का-बोटी उड़ाएगा।"

गड़रिये का लड़का मुसकराया : "मैं तो उससे लड़ूँगा। मुझे तो हर घड़ी उसके आने का खटका लगा रहता है...तुम क्यों नहीं समझते तो कि 'शेर आया, शेर आया' वाली कहानी, जो तुम अपने बच्चों को पढ़ा रहे हो, आज की कहानी नहीं...आज की कहानी में तो शेर आया, शेर आया का मतलब यह है कि 'ख़बरदार रहो, होशियार रहो'...बहुत मुमकिन है, शेर के बजाय कोई गीदड़ ही इधर चला आये... इस हैवान को भी रोकना चाहिए।"

सब लोग खिलखिला करहँस पड़े : "कितने डरपोक हो तुम...गीदड़ से डरते हो।"

गड़रिये के लड़के ने कहा : "मैं शेर और गीदड़, दोनों से नहीं डरता, लेकिन उनकी हैवानियत से अलबत्ता ज़रूर ख़ाइफ़[2] रहता हूँ और उस हैवानियत का मुक़ाबला करने के लिए ख़ुद को हमेशा तैयार रखता हूँ...मेरे बुज़ुर्गों, स्कूलों से वह किताब हटा दो, जिसमें 'शेर आया, शेर आया' वाली पुरानी कहानी छपी है... उसकी जगह यह नयी कहानी पढ़ाओ।"

एक बुढ़े ने खाँसते-खँकारते हुए कहा : "यह लौण्डा हमें गुमराह करना चाहता है...यह हमें सीधे रास्ते से हटाना चाहता है।"

लड़के ने मुस्कराकर कहा : "ज़िन्दगी सीधी लकीर नहीं है मेरे बुज़ुर्गो!"

दूसरे बूढ़े ने फ़र्ते-जज़्बात[3] से लरज़ते हुए कहा : "यह मुल्हिद[4] है...यह बेदीन है...फ़ितना-परदाज़ों[5] का एजेंट है...इसको फ़ौरन ज़िंदाँ[6] में डाल दो।"

गड़रिये के लड़के को ज़िंदाँ में डाल दिया गया।

उसी रात बस्ती में शेर दाख़िल हुआ।

भगदड़ मच गयी—कुछ बस्ती छोड़ कर भाग गये, बाकी शेर ने शिकार कर लिए।

मूँछों के साथ लगा हुआ ख़ून चूसता जब शेर ज़िंदाँ के पास से गुज़रा तो उसने मज़बूत आहनी सलाख़ों के पीछे गड़रिये के लड़के को देखा और दाँत पीसकर रह गया।

गड़रिये का लड़का मुसकराया : "दोस्त, यह मेरे बुज़ुर्गों की ग़लती है, वरना तुम मेरे लहू का ज़ाइक़ा भी चख लेते...!"

1.प्राथमिक कथाओं; 2. आतंकित; 3. भावावेश; 4. धर्म से विमुख; 5. दंगा करानेवाले; 6. कारागार।

भंगन

"परे हटिए..."

"क्यों?"

"मुझे आपसे बू आती है।"

"हर इंसान के ज़िस्म की एक ख़ास बू होती है...आज बीस बरसों के बाद तुम्हें इससे तनफ़्फ़ुर क्यों महसूस होने लगा।"

"बीस बरस...अल्लाह ही बेहतर जानता है कि मैंने इतना तवील अर्सा कैसे बसर किया है।"

"मैंने कभी आपको इस अर्से में तकलीफ़ पहुँचाई?"

"जी, कभी नहीं।"

"तो फिर आज अचानक आपको मुझसे ऐसी बू क्यों आने लगी जिससे आपकी नाक जो माशा अल्लाह काफ़ी बड़ी है इतनी ग़ज़बनाक हो रही है।"

"आप अपनी नाक तो देखिए...पकौड़ा-सी है।"

"मैं इससे इंकार नहीं करता...पकौड़े, तुम जानती हो मुझे बहुत पसन्द हैं।"

"आपको तो हर वाहियात चीज़ पसन्द होती है...कूड़े-करकट से भी आप दिलचस्पी लेते हैं।"

"कूड़ा-करकट हमारा ही तो फैलाया होता है...उसमें आदमी दिलचस्पी क्यों न ले...और तुम जानती हो आज से दस साल पहले जब तुम्हारी हीरे की अँगूठी गुम हो गयी थी तो उसी कूड़े के ढेर से मैंने तुम्हें तलाश करके दी थी।"

"बड़ा करम किया था आपने मुझ पर।"

"भई करम का सवाल नहीं"...फ़ारसी का एक शेर है–

ख़ाक रां राब हिक़ारत मगर
तू चः दानी कि दरी ग़िर्द सवार-ए-बाशद

"मैं ख़ाक भी नहीं समझी।"

"यही वजह है कि तुमने अभी तक मुझे नहीं समझा...वरना बीस बरस एक आदमी को पहचानने के लिए काफ़ी होते हैं।"

"इन बीस बरसों में आपने कौन सा सुख पहुँचाया है मुझे?"

"तुम दुख की बात करो...बताओ मैंने कौन-सा दुख तुम्हें इस अर्से में पहुँचाया?"

"एक भी नहीं।"

"तो फिर यह कहने का क्या मतलब था...इन बीस बरसों में आपने कौन-सा सुख पहुँचाया है मुझे?"

"आप मेरे क़रीब न आइए...मैं सोना चाहती हूँ।"

"इस गुस्से में नींद आ जायेगी तुम्हें?"

"ख़ाक आयेगी...बहरहाल...आँखें बन्द करके लेटी रहूँगी और..."

"और क्या करेंगी?"

"लेटी उस रोज़ पर आँसू बहाऊँगी जब मैं आपके पल्ले बाँधी गयी।"

"तुम्हें याद है वह दिन क्या था...सन् क्या था...वक़्त क्या था?"

"मैं कभी वह दिन भूल सकती हूँ...ख़ुदा करे वह किसी लड़की पर न आये।"

"तुम बता तो दो...मैं तुम्हारी याददाश्त का इम्तिहान लेना चाहता हूँ।"

"अब आप मेरा इम्तिहान क्या लेंगे...परे हटिए...मुझे आपसे बू आ रही है।"

"भई हद हो गयी है...तुम्हारी इतनी लम्बी नाक जो कहीं ख़त्म होने ही में नहीं आती इसको आख़िर क्या हो गया है...मुझसे तो इसको बड़ी भीनी-भीनी खुश्बू आना चाहिए...तुमने मुझसे इन बीस बरसों में हज़ारों मरतबा कहा कि आप जब किसी कमरे में हों और वहाँ से निकल जायें तो मैं पहचान जाया करती हूँ कि आप वहाँ आये थे।"

"आप झूठ बोल रहे हैं।"

"देखो...मैंने अपनी ज़िन्दगी में आज तक झूठ नहीं बोला...तुम मुझ पर यह इल्ज़ाम न धरो।"

"वाह जी वाह, बड़े आये हैं आप कहीं के सच्चे...मेरा सौ रुपये का नोट आपने चुराया और साफ़ मुकर गये।"

"यह कब की बात है?"

"दो जून सन् उन्नीस सौ बयालीस को...जब सलमा मेरे पेट में थी।"

"यह तारीख़ तुम्हें ख़ूब याद रही।"

"क्यों याद न रहती। जब आपसे मेरी इतनी ज़बरदस्त लड़ाई हुई थी। मैं अन्दर कमरे में पड़ी थी। आपने चाबी बड़ी सफ़ाई से मेरे तकिये के नीचे से निकाली। दूसरे कमरे में जा कर अलमारी खोली और उसमें जो सात सौ पड़े थे। उनमें से एक नोट उड़ा कर ले गये। मैंने जब दो-ढाई घंटों के बाद उठ कर देखा तो आपसे चिख़ हुई। मगर आप थे कि परों पर पानी ही नहीं लेते थे। आख़िर मैं ख़ामोश हो गयी।"

"यह दो जून सन् उन्नीस सौ बयालीस की बात है...आजकल सन् चव्वन चल रहा है। अब उसके ज़िक्र का क्या फ़ायदा?"

"फ़ायदा तो हर हालत में आप ही का रहता है...मेरी एक नीलम की अँगूठी भी आपने ग़ायब कर दी थी, लेकिन मैंने आपसे कुछ नहीं कहा था।"

"देखो मैं तुम्हारी जान की क़सम खा कर कहता हूँ। उस नीलम की अँगूठी के मुताल्लिक़ मुझे कुछ मालूम नहीं।"

"और उस सौ रुपये के नोट के मुताल्लिक़।"

"अब तुम्हारी जान की क़सम खायी है तो सचमुच बताना ही पड़ेगा...मैंने... मैंने चुराया ज़रूर था, मगर सिर्फ़ इसलिए कि उस महीने मुझे तनख़्वाह देर से मिलने वाली थी और तुम्हारी सालगिरह थी। तुम्हें कोई तोहफ़ा तो देना था। इन बीस बरसों में तुम्हारी हर सालगिरह पर मैं अपनी इसतिताअत के मुताबिक़ कोई न कोई तोहफ़ा पेश करता रहा हूँ।"

"बड़े तोहफ़े...तहायकफ़ दिये हैं आपने मुझे।"

"ना शुक्री तो न बनो।"

"मैं कई दफ़ा कह चुकी हूँ, आप परे हट जाइए...तुझे आपसे बू आती है।"

"किस की?"

"यह आपको मालूम होना चाहिए।"

"मैंने ख़ुद को कई मरतबा सूँघा है, मगर मेरी पकौड़ा ऐसी नाक में ऐसी कोई बू नहीं घुसी जिस पर किसी बीवी को एतराज़ हो सके।"

"आप बातें बनाना ख़ूब जानते हैं।"

"और बातें बिगाड़ना तुम...मेरी समझ में नहीं आता आज तुम इस क़दर नाराज़ क्यों हो।"

"अपने गरेबान में मुँह डाल कर देखिए।"

"मैं इस वक़्त क़मीज़ पहने नहीं हूँ।"

"क्यों?"

"सख़्त गर्मी है।"

"सख़्त गर्मी हो या नर्म...आपको क़मीज़ तो नहीं उतारना चाहिए थी। यह कोई शराफ़त नहीं।"

"मोहतरमा! आपने भी तो क़मीज़ उतार रखी है...अपने नंगे बदन को मुलाहज़ा फ़रमाइए।"

"ओह...यह मैंने क्या वाहियातपन किया है।"

"यह वाहियातपन तो आप गर्मियों में बीस बरस से कर रही हैं।"

"ख़ैर झूठ बोलना तो हर मर्द की आदत होती है।"

"आप मुझ से दूर ही रहें।"

"क्यों?"

"तौबा...लाख बार कह चुकी हूँ कि मुझे आपसे बहुत गन्दी बू आ रही है।"

"पहले सिर्फ़ बू थी...अब गन्दी हो गयी।"

"ख़बरदार, जो आपने मुझे हाथ लगाया।"

"इस क़दर बेज़ारी आख़िर क्यों?"

"मैं अब आपसे क़तअन बेज़ार हो चुकी हूँ।"

"इन बीस बरसों में तुमने कभी ऐसी बेज़ारी का इज़हार नहीं किया था।"

"अब तो कर दिया है।"

"लेकिन मुझे मालूम तो हो कि इसकी वजह क्या है।"

"मैं कहती हूँ, मुझे मत छुइए।"

"तुम्हें मुझसे इतनी कराहत क्यों हो रही है?"

"आप नापाक हैं...बेहद ज़लील हैं।"

"देखो, तुम बहुत ज़्यादती कर रही हो।"

"आपने कम की है। कोई शरीफ़ आदमी आपकी तरह ऐसी ज़लील हरकत नहीं कर सकता था।"

"कौन सी?"

"आज सुबह क्या हुआ था?"

"आज सुबह?...बारिश हुई थी।"

"बारिश हुई थी...लेकिन उस बारिश में आपने किसको अपनी आग़ोश में दबाया हुआ था?"

"ओह!"

"बस इसका जवाब अब ओह, ही होगा...मैंने पकड़ जो लिया आपको।"

"देखो मेरी जान..."

"मुझे अपनी जान-वान मत कहिए...आपको शर्म आनी चाहिए।"

"किस बात पर...किस गुनाह पर?"

"मैं कहती हूँ आदमी गुनाह करे...लेकिन ऐसी गन्दगी में न गिरे।"

"मैं किस गन्दगी में गिरा हूँ?"

"आज सुबह आपने उस...उस..."

"क्या?"

"उस भंगन को...जवान भंगन को जो मिठाई वाले के साथ भाग गयी थी।"

"लाहौल वला...तुम भी अजीब औरत हो...वह ग़रीब हामला है बारिश में झाड़ू देते हुए उसको गश आया और गिर पड़ी। मैंने उसको उठाया और उसके क्वार्टर में ले गया।"

"फिर क्या हुआ?"

"तुम्हें मालूम नहीं कि वह मर गयी?"
"आय...बेचारी...मैं तो ठण्डी बर्फ़ हो गयी हूँ।"
"मेरे क़रीब आ जाओ...मैं क़मीज़ पहल लूँ?"
"उसकी क्या ज़रूरत है? तुम्हारी क़मीज़ मैं हूँ।"

फातो

तेज़ बुख़ार की हालत में उसे अपनी छाती पर कोई ठण्डी चीज़ रेंगती महसूस हुई। उसके ख़यालात का सिलसिला टूट गया। जब वह मुकम्मल तौर पर बेदार हुआ तो उसका चेहरा बुख़ार की शिद्दत[1] के बायस तमतमा रहा था—उसने आँखें खोलीं और देखा कि फातो फ़र्श पर बैठी, पानी में कपड़ा भिगोकर उसके माथे पर लगा रही है।

जब फातो ने उसके माथे पर से कपड़ा उतारने के लिए हाथ बढ़ाया तो उसने फातो का हाथ पकड़ लिया और अपने सीने पर रखकर हौले-हौले प्यार से अपना हाथ उस पर फेरना शुरू कर दिया।

उसकी सुर्ख़ आँखें दो अंगारे बनकर देर तक फातो को देखती रहीं—फातो उस दहकती हुई टिकटिकी की ताब न ला सकी और हाथ छुड़ाकर अपने काम में मस्रूफ़[2] हो गयी—वह उठकर बिस्तर में बैठ गया।

फातो से, जिसका असल नाम फ़ातमा था, उसको ग़ैर महसूस तौर पर मुहब्बत हो गयी थी, हालाँकि वह जानता था कि वह क़िरदारो-अतवार[3] की अच्छी नहीं, मुहल्ले में जितने लौण्डे हैं, उससे इश्क़ लड़ा चुके हैं—लेकिन यह सबकुछ जानते हुए भी उसको फातो से मुहब्बत हो गयी थी।

वह अगर बुख़ार में मुब्तला न होता तो यक़ीनन उसने अपने इस जज़्बे का इज़हार फातो से कभी न किया होता, मगर तेज़ बुख़ार के बायस उसको अपने दिलो-दिमाग़ पर कोई एहतिसाब[4] नहीं रहा था—यही वजह है कि उसने ऊँची आवाज़ में फातो को पुकारना शुरू किया : "इधर आओ, मेरी तरफ़ देखो...जानती हो, मैं तुम्हारी मुहब्बत में गिरफ़्तार हूँ, बहुत बुरी तरह तुम्हारी मुहब्बत में गिरफ़्तार हूँ...उसी तरह तुम्हारी मुहब्बत में फँस गया हूँ, जैसे कोई दलदल में फँस जाय... मैं जानता हूँ, तुम क्या हो। मैं जानता हूँ, तुम इस क़ाबिल नहीं हो कि तुमसे मुहब्बत की जाय, मगर मैं यह सबकुछ जानते-बूझते हुए भी तुमसे मुहब्बत करता हूँ...लानत हो मुझ पर, लेकिन छोड़ो इन बातों को और मेरी तरफ़ देखो...मैं बुख़ार के अलावा तुम्हारी मुहब्बत में भी फुँका जा रहा हूँ...फातो, फातो...मैं, मैं..." उसके

ख़यालात का सिलसिला टूट गया और उस पर हज़यानी[5] कैफ़ियत तारी हो गयी, और उसने डॉक्टर मुकंद लाल भाटिया से कुनेन के नुक़्सानात पर बहस शुरू कर दी।

चन्द लम्हात के बाद वह अपनी माँ से, जो वहाँ मौजूद नहीं थी, मुख़ातिब हुआ : "बीबी जी, मेरे दिमाग़ में बेशुमार ख़यालात आ रहे हैं...आप हैरान क्यों होती हैं...मुझे फातो से मुहब्बत है, उसी फातो से, जो हमारे पड़ोस मे नेचा-बन्दों के यहाँ मुलाज़िम थी और जो अब आपकी मुलाज़िम है...आप नहीं जानतीं, इस लड़की ने मुझे कितना ज़लील करा दिया है...यह मुहब्बत नहीं, ख़सरा है। नहीं ख़सरे से भी बढ़-चढ़कर...इसका कोई इलाज नहीं...मुझे तमाम ज़िल्लतें बर्दाश्त करनी होंगी...सारी गली का कूड़ा-करकट अपने सर पर उठाना होगा...यह सबकुछ होके रहेगा...यह सब कुछ हो के रहेगा..."

आहिस्ता-आहिस्ता उसकी आवाज़ कमज़ोर होती गयी और उस पर ग़ुनूदगी[6] तारी हो गयी। उसकी आँखें नीम-वा थीं। ऐसा लगता था कि उसकी पलकों पर बोझ-सा आन पड़ा है।

फातो पलँग के पास फ़र्श पर बैठी उसकी बेजोड़ हज़यानी गुफ़्तुगू सुनती रही, मगर उस पर कुछ असर न हुआ—वह ऐसे बीमारों की कई मर्तबा तीमारदारी कर चुकी थी।

बुख़ार की हालत में जब उसने अपनी मुहब्बत का एतिराफ़[7] किया तो फातो ने महसूस किया, उस एतिराफ़ के मुताल्लिक़ कुछ कहा नहीं जा सकता, इसलिए कि उसका गोश्त-भरा चेहरा जज़्बात से बिलकुल आरी था, मुमकिन है, उसके दिल के किसी गोशे[8] में हल्की-सी सरसराहट पैदा हुई हो, मगर वह चर्बी की तहों से निकलकर बाहर नहीं आ सकी है।

फातो ने रूमाल निचोड़कर ताज़ा पानी में भिगोया और उसके माथे पर रखने के लिए उठी—अबकी बार फातो को इसलिए उठना पड़ा कि उसने करवट बदल ली थी—जब फातो ने आहिस्ता से, ज़रा उधर से मुड़कर उसके माथे पर गीला रूमाल जमाया तो उसकी नीम-वा आँखें यूँ खुल गयीं, जैसे लाल-लाल ज़ख़्मों के मुँह टाँके उधड़ जाने पर खुल जाते हैं।

उसने एक लम्हे के लिए फातो के झुके हुए चेहरे की तरफ़ देखा—फातो के गाल थोड़े-से नीचे को झुक आये थे—एक़दम जाने उस पर क्या वहशत सवार हुई कि उसने फातो को अपने दोनों बाज़ुओं में जकड़कर इस ज़ोर से अपनी छाती के साथ भींचा कि फातो की रीढ़ की हड्डी कड़-कड़ बोल उठी। फिर उसने फातो को अपनी रान पर लिटाकर उसके मोटे और गुदगुदे होंटों पर इस ज़ोर से अपने तपते हुए होंट पैवस्त किये, जैसे वह उन्हें दाग़ना चाहता हो।

उसकी गिरफ़्त इस क़दर ज़बरदस्त थी कि फातो कोशिश के बावजूद ख़ुद को

आज़ाद न कर सकी।

उसके होंट देर तक फातो के होंटों पर इस्तिरी करते रहे—फिर अचानक उसने फातो को एक झटके से अलग कर दिया, और उठकर बिस्तर में यूँ बैठ गया, जैसे उसने कोई बड़ा डरावना ख़्वाब देखा हो।

फातो एक तरफ़ सिमट गयी।

वह सहम गयी थी—वह महसूस कर रही थी, जैसे उसके लबों पर अभी तक उसके पपड़ी जमें होंट सरक रहे हैं।

जब फातो ने कनखियों से उसकी तरफ़ देखा तो वह उस पर बरस पड़ा : "तुम यहाँ क्या कर रही हो...तुम भुतनी हो...डायन हो...मेरा कलेजा निकालकर चबाना चाहती हो...जाओ, जाओ..." यह कहते-कहते उसने अपने वज़नी सर को दोनों हाथों में थाम लिया, जैसे उसका सर गिर पड़ेगा, और हौले-हौले बड़बड़ाने लगा : "फातो, मुझे माफ़ कर दो...मुझे कुछ मालूम नहीं मैं क्या कह रहा हूँ...मैं बस एक बात अच्छी तरह जानता हूँ कि मुझे दीवानगी की हद तक तुमसे मुहब्बत है, इसलिए कि तुमसे मुहब्बत की जाय...मैं तुमसे मुहब्बत करता हूँ, इसलिए कि तुम नफ़रत के क़ाबिल हो...तुम औरत नहीं हो, एक सालिम मकान हो...एक बहुत बड़ी बिल्डिंग हो...मुझे तुम्हारे सब कमरों से मुहब्बत हैं, इसलिए कि वह ग़लीज़ हैं, शिकस्ता हैं...क्या यह अजीब बात नहीं..."

फातो ख़ामोश रही। उस पर अभी तक उस आहनी गिरफ़्त और उसके ख़ौफ़नाक बोसे का असर मौजूद था—वह उठकर कमरे से बाहर जाने का इरादा कर ही रही थी कि उसने फिर हज़यानी कैफ़ियत में बड़बड़ाना शुरू कर दिया—फातो ने उसकी तरफ़ देखा—वह जैसे किसी ग़ैरमरई[9] आदमी से बातें कर रहा था।

बिस्तर पर उसने बड़ी मुश्किल से करवट बदली, फातो को अपनी सुर्ख़-सुर्ख़ आँखों से देखा और पूछा : "क्या कह रही हो तुम?"

फातो ने कुछ भी नहीं कहा था, इसलिए वह ख़ामोश रही।

फाती की ख़ामोशी से उसे ख़याल आया कि वह हज़यानी कैफ़ियत में बेशुमार बातें कर चुका है—जब उसको इस बात का एहसास हुआ कि वह अपनी मुहब्बत का इज़हार भी उससे कर चुका है तो उसे अपने आप पर बेहद ग़ुस्सा आया—इसी ग़ुस्से में वह फातो से मुख़ातिब हुआ : "मैंने तुमसे जो कुछ कहा था, वह बिलकुल ग़लत हैं...मुझे तुमसे नफ़रत है।"

फातो ने सिर्फ़ इतना कहा : "जो ठीक होगा।"

वह कड़का : "सिर्फ़ ठीक ही नहीं, सौ फ़ीसदी हक़ीक़त है...मुझे तुमसे सख़्त नफ़रत है...जाओ, चली जाओ मेरे कमरे से...ख़बरदार जो कभी इधर का रुख़ किया।"

फातो ने हस्बे-मामूल नर्म लहजे में कहा : "जी अच्छा।"

यह कहकर वह जाने लगी तो उसने रोक लिया : "ठहरो...एक बात सुनती जाओ।"

"फ़र्माइए।"

"नहीं, मुझे कुछ नहीं कहना है...तुम जा सकती हो।"

फातो ने कहा : "मैं जा तो रही थी...अपने ख़ुद मुझे रोका है।" यह कह कर उसने बर्तन उठाए और कमरे से निकलने लगी, मगर उसने फिर उसे आवाज़ देकर रोका।

वह रुकी तो उसने कहा : "मैं एक बात तुमसे कहना भूल गया हूँ।"

फातो ने बर्तन तिपायी पर रखे और उससे कहा : "क्या बात है...बता दीजिए... मुझे और बहुत-से काम भी करने हैं।"

वह सोचने लगा कि उसने फातो को रोका क्यों था। उसे फातो से ऐसी कौन-सी अहम बात करनी थी—वह यह सोच ही रहा था कि फातो ने उससे कहा : "मियाँ साहब, मैं खड़ी इन्तिज़ार कर रही हूँ...आपको मुझसे क्या कहना है?"

वह बौखला गया : "मुझे क्या कहना था...कुछ भी तो नहीं कहना था...मेरा मतलब है, कहना तो कुछ था, मगर मैं भूल गया हूँ।"

"अच्छा आप याद कर लीजिए...मैं यहाँ खड़ी हूँ।"

उसने आँखें बन्द कर लीं और याद करने लगा कि उसे फातो से क्या कहना था—उसके दिमाग़ में बेशुमार ख़यालात थे। वह दरअसल यह कहना चाहता था कि फातो उसके घर से चली जाय, इसलिए कि वह उससे इस क़दर नफ़रत करता है कि अब वह नफ़रत बेपनाह मुहब्बत में तब्दील हो गयी है।

उसने थोड़े अर्से के बाद आँखें खोलीं—फातो तिपायी के साथ लगी खड़ी थी।

उसने समझा कि शायद यह सब ख़्वाब है, पर जब उसने इधर-उधर का जाइज़ा लिया तो उसे मालूम हुआ कि ख़्वाब नहीं, हक़ीक़त है—लेकिन उसकी समझ में न आया कि फातो क्यों बुत की मानिन्द तिपायी के साथ लगी खड़ी है।

उसने कहा : "तू यहाँ खड़ी क्या कर रही है?"

फातो ने जवाब दिया : "आप ही ने तो कहा था कि आपको मुझसे कोई ज़रूरी बात कहनी है।"

वह चिढ़ गया—झुँझला करबोला : "तुमसे मुझे कौन-सी ज़रूरी बात कहनी थी...जाओ...दूर हट जाओ मेरी नज़रों से।"

फातो ने तश्वीशनाक[10] नज़रों से उसकी तरफ़ देखा : "ऐसा लगता है, आपका बुख़ार तेज़ हो गया है...मैं बीबी जी से कहती हूँ कि डॉक्टर को बुला लें।"

वह और ज़्यादा चिढ़ गया : "डॉक्टर आया तो मैं उसे गोली मार दूँगा...और तुम्हारा तो मैं इन हाथों से गला घोंट दूँगा।"

फातो ने अपने लहजे को और ज़्यादा नर्म बनाकर कहा : "आप अभी घोंट

डालिए...मैं अपनी ज़िन्दगी से उकता चुकी हूँ।"

उसने पूछा : "क्यों?"

"बस, अब जी नहीं चाहता ज़िन्दा रहने को...मियाँ साहब, आपको मालूम नहीं, मैं यह दिन कैसे गुज़ार रही हूँ...अल्लाह क़सम, एक-एक पल ज़हर का घूँट है...ख़ुदा के लिए आप मेरा गला घोंटकर मुझे मार दीजिए..."

वह लिहाफ़ के अन्दर काँपने लगा : "फातो, जाओ...मुझे तुमसे नफ़रत है।"

फातो ने बड़ी मासूमियत से कहा : "मैं जाने लगती हूँ, पर आप मुझे रोक लेते हैं।"

उसने भिन्नाकर कहा : "कौन हरामज़ादा तुझे रोकता है...जा, दूर हो जा।"

फातो जाने लगी तो उसने उसे फिर रोक लिया : "ठहरो।"

वह ठहर गयी : "फ़र्माइए।"

"तुम निहायत वाहियात औरत हो...ख़ुदा तुम्हें ग़ारत करे...जाओ अब मेरी नज़रों से ग़ायब हो जाओ।"

फातो बर्तन उठाकर चली गयी।

एक महीने के बाद महल्ले में शोर मचा कि फातो किसी के साथ भाग गयी है।

सब उसको बुरा-भला कह रहे थे—औरतें ख़ासतौर पर उसके किरदार में कीड़े डाल रही थी।

और फातो अपने मियाँ साहब के साथ कलकत्ते में इज़्दिवाजी[11] ज़िन्दगी बसर कर रही थी।

उसका शौहर हर रोज़ उससे कहता : "फ़ातिमा, मुझे तुमसे नफ़रत वह मुस्कुराकर जवाब देती है।" "यह नफ़रत अगर न होती तो मेरी ज़िन्दगी कैसे सँवरती...आप मुझसे सारी उम्र नफ़रत ही करते रहिए..."

---

1. तेजी; 2. संलग्न; 3. चरित्र और आचरण; 4. रोक; 5. बकवास भरी; 6. ऊँघ; 7. स्वीकृति; 8. कोना; 9. अदृश्य; 10. घबराई हुई; 11. विवाहित।

कर्ज़ की पीते थे

एक जगह महफिल जमी थी। मिर्ज़ा ग़ालिब वहाँ से उकता कर उठे। बाहर हवादार मौजूद था उसमें बैठे और अपने घर का रुख़ किया। हवादार से उतर कर जब दीवानख़ाने में दाख़िल हुए तो क्या देखते है कि मथुरा दास महाजन बैठा है।

ग़ालिब ने अन्दर दाख़िल होते ही कहा : "अख़ाह। मथुरा दास। भई तुम आज बड़े वक़्त पर आये...मैं तुम्हें बुलवाने ही वाला था।"

मथुरा दास ने ठेठ महाजनों के अन्दाज़ में कहा : "हुजूर रूपो को बहुत दिन हो गये। फ़क़त दो क़िस्त आपने भेजवाये थे...उसके बाद पाँच महीने हो गये। एक पैसा भी आपने न दिया।"

असुद उल्ला खाँ 'ग़ालिब' मुस्कराए "भई, मथुरा दास देने को मैं सब दे दूँगा। गले-गले पानी दूँगा...दो-एक जायदाद अभी मेरी बाक़ी है।"

"अजी सरकार! इस तरह ब्योहार हो चुका। न असल में से न सूद में से पहला ही ढाई हज़ार वसूल नहीं हुआ। छह सौ छप्पन सूद के हो गये हैं।"

मिर्ज़ा ग़ालिब ने हुक्के की नय पकड़ कर एक कश लिया। "लाला, जिस पेड़ का फल खाना मंजूर होता है उस को पहले पानी देते हैं...मैं तुम्हारा दरख़्त हूँ पानी दो तो अनाज पैदा हो।"

मथुरा दास ने अपनी धोती की लाँग ठीक की। "जी दीवाली को बारह दिन बाकी रह गये हैं। खाता बन्द किया जायेगा। आप पहले रुपये का असल सूद्र मिला कर दस्तावेज़ बना दें तो आगे का नाम लें।"

'मिर्जा ग़ालिब' ने हुक्के की नय एक तरफ़ की। "लो, अभी दस्तावेज़ लिखे देता हूँ। पर शर्त यह है कि दो हज़ार अभी-अभी मुझे और दो।"

मथुरा दास ने थोड़ी देर ग़ौर किया : "अच्छा, मैं स्टांप मँगवाता हूँ...बही साथ लाया हूँ। आप मुंशी गुलाम रसूल अर्ज़ीन्नवीस को बुला लें। पर सूद वही सवा रुपया सैकड़ा होगा।"

"लाला कुछ तो इंसाफ़ करो। बारह आने सूद लिखवाए देता हूँ।"

मथुरा दास ने अपनी धोती की लाँग दूसरी बार दुरुस्त की : "सरकार बारह आने पर बारह बरस भी कोई महाजन क़र्ज़ नहीं देगा...आजकल तो ख़ुद बादशाह

सलामत को रुपये की ज़रूरत है।"

उन दिनों वाक़ई बहादुर शाह ज़फ़र की हालत बहुत नाज़ुक थी। उसको अपने अखराज़ात के लिए रुपये-पैसे की हर वक़्त ज़रूरत रहती थी।

बहादुर शाह तो ख़ैर बादशाह था। लेकिन मिर्ज़ा ग़ालिब महज़ शायर थे। गो वह अपने शे'रों में अपना रिश्ता सिपाह-गरी से जोड़ते थे।

यह मिर्ज़ा ग़ालिब की ज़िन्दगी के चालीसवें और पैंतालीसवें साल के दरमियानी अर्से की बात है जब मथुरा दास महाजन ने उन पर अदम अदायगी कर्ज़े के बायस अदालत-ए-दीवानी में दावा दायर किया...मुक़दमे की समाअत मिर्ज़ा साहब के मुख्बी दोस्त मुफ़्ती सदर उद्दीन आज़रदा को करना थी। जो ख़ुद बहुत अच्छे शायर और 'गालिब' के मद्दाह थे।

मुफ़्ती साहब के मिरधा ने अदालत के कमरे से बाहर निकल कर आवाज़ दी "लाला मथुरादास महाजन मुद्दअई और मिर्ज़ा असद उल्ला खाँ ग़ालिब मुद्दआ हुलिया हाज़िर है?"

मथुरा दास ने 'मिर्ज़ा ग़ालिब' की तरफ़ देखा और मिरधे ने कहा : "भई दोनों हाज़िर हैं।"

मिरधे ने रूखेपन से कहा : "तो दोनों हाज़िर-ए-अदालत हों।"

मिर्ज़ा ग़ालिब ने अदालत में हाज़िर हो कर मुफ़्ती सदर उद्दीन आज़रदा को सलाम किया...मुफ़्ती साहब मुस्कराए।

"मिर्ज़ा नौशा, यह आप इस क़दर क़र्ज़ क्यों लिया करते हैं...आख़िर यह मामला क्या है?"

ग़ालिब ने थोड़े तवक्क़फ़ के बाद कहा : "क्या अर्ज़ करूँ...मेरी समझ में भी कुछ नहीं आता।"

मुफ़्ती सदर उद्दीन मुस्कराए : "कुछ तो है, जिसकी पर्दादारी है।"

ग़ालिब ने बरजस्ता कहा : "एक शे'र मौज़ूँ हो गया है मुफ़्ती साहब...हुक्म हो तो जवाब में अर्ज़ करूँ।"

"फ़रमाइए।"

गालिब ने मुफ़्ती साहब और मथुरा दास महाजन को एक लहज़े के लिए देखा और अपने मख़सूस अन्दाज़ में यह शे'र पढ़ा।

क़र्ज़ की पीते थे मय, लेकिन समझते थे कि हाँ
रंग लायेगी हमारी फाक़ामस्ती, एक दिन

मुफ़्ती साहब बे इख़्तियार हँस पड़े। "ख़ूब, ख़ूब...क्यों साहब! रस्सी जल गयी, पर बल न गया...आपके इस शेर की मैं तो ज़रूर दाद दूँगा। मगर चूँकि आपको असल और सूद, सबसे इक़रार है अदालत मुद्दअई के हक़ में फ़ैसला दिये बग़ैर नहीं रह सकती।"

मिर्ज़ा ग़ालिब ने बड़ी संजीदगी से कहा : "मुद्दअई सच्चा है, तो क्यों फ़ैसला उसके हक़ में न हो और मैंने भी सच्ची बात नस्र में न कहीं, नज़्म में कह दी।"

मुफ़्ती सदरउद्दीन आज़रदा ने काग़ज़ात-ए-कानून एक तरफ़ रखे और मिर्ज़ा ग़ालिब से मुखातिब हुए : "अच्छा तो ज़र-ए-डिगरी मैं अदा कर दूँगा कि हमारी आप की दोस्ती की लाज रह जाय।"

मिर्ज़ा ग़ालिब बड़े खुद्दार थे। उन्होंने मुफ़्ती साहब से कहा : "हुजूर, ऐसा नहीं होगा...मुझे मथुरादास का रुपया देना है। मैं बहुत जल्द अदा कर दूँगा।"

मुफ़्ती साहब मुस्कराए। "हज़रत, रुपये की अदायगी शायरी नहीं...आप तकल्लुफ़ को बर तरफ़ रखिए...मैं आपका मद्दाह हूँ...मुझे आज मौक़ा दीजिए कि आपकी कोई ख़िदमत कर सकूँ।"

ग़ालिब बहुत ख़फीफ़ हुए : "लाहौल वला...आप मेरे बुजुर्ग हैं...मुझे कोई सज़ा दे दीजिए कि आप सदरूस्सदूर हैं।"

"देखो, तुम ऐसी बातें मत करो..."

"तो और कैसी बातें करूँ।"

"कोई शे'र सुनाइए"

"सोचता हूँ...हाँ, एक शेर रात को हो गया था...अर्ज़ किये देता हूँ..."

"फ़रमाइए।"

"हम और वह सबब रंज-ए-आशना दुश्मन"

मुफ़्ती साहब ने अपने कानूनी क़लम से कानूनी काग़ज़ पर यह हरूफ़ लिखे...

"हम और वह बे सबब रंज-ए-आशना दुश्मन कि रखता है।"

मुफ़्ती साहब बहुत महजूज़ हुए। यह शे'र आसानी से समझ में आ सकने वाला नहीं। लेकिन वह चूँकि ख़ुद बहुत बड़े शायर थे इसलिए 'ग़ालिब' की दक़ीक़ा बयानी को फ़ौरन समझ गये।

मुक़दमें की बाक़ायदा समाअत हुई। मुफ़्ती सदर उद्दीन आज़रदा ने मिर्ज़ा ग़ालिब से कहा :

"आप आइन्दा क़र्ज़ की न पिया करें।"

'ग़ालिब' जो शायद किसी शे'र की फ़िक्र कर रहे थे कहा : "एक शे'र हो गया है अगर आप इज़ाज़त दें तो अर्ज़ करूँ।"

मुफ़्ती साहब ने कहा : "फ़रमाइए...फ़रमाइए।"

मिर्ज़ा ग़ालिब ने थोड़े वक़्फ़े के बाद यह शेर सुनाया :

क़र्ज़ की पीते थे मय लेकिन समझते थे कि हाँ
रँग लायेगी हमारी फ़ाक़ामस्ती एक दिन

मुफ़्ती सदरउद्दीन आज़रदा मुस्कराए "ख़ूब, ख़ूब...क्यों साहब रस्सी जल गयी, पर बल न गया...आप के इस शेर की मैं तो ज़रूर दाद दूँगा, पर आपको यूँकि

असल और सूद सबसे इकरार है। अदालत मुद्दई के हक़ में फैसला दिये बग़ैर नहीं रह सकती।"

मिर्ज़ा ग़ालिब मुस्कराए, मुद्दई सच्चा है तो क्यों न फैसला उसके हक़ में हो. ..और मैंने भी सच्ची बात नस्र में न कही, नज़्म में कह दी।

मुफ़्ती साहब ने काग़ज़ात एक तरफ़ रखे और 'मिर्ज़ा ग़ालिब' से मुखातिब हुए : "अच्छा, तो ज़र-ए-डिग्री मैं अदा कर दूँगा कि हमारी आपकी दोस्ती की लाज रह जाय।"

मिर्जा ग़ालिब कुछ देर ख़ामोश रहे। ग़ालिबन उन को इस बात से बहुत कोफ़्त हुई थी कि मुफ़्ती साहब उन पर एक एहसान कर रहे हैं।

मुफ़्ती साहब ने उनसे पूछा : "हज़रत आप ख़ामोश क्यों हो गये?"

"जी कोई ख़ास बात नहीं

है कुछ ऐसी ही बात जो चुप हूँ
वरना क्या बात कर नहीं आती"

"आपको बातें करना तो माशाअ अल्लाह आती हैं।"

'ग़ालिब' ने जवाब दिया : "जी हाँ...लेकिन बनाना नहीं आती।"

मुफ़्ती सदरउद्दीन मुस्कराए : "अब आप जा सकते हैं...ज़र-ए-डिग्री मैं अदा कर दूँगा।"

मिर्ज़ा ग़ालिब ने मुफ़्ती साहब का शुक्रिया अदा किया : "आज आपने दोस्ती के तमस्सुक पर मुहर लगा दी...जब तक ज़िन्दा हूँ बन्दा हूँ।"

मुफ़्ती सदरउद्दीन आज़रदा ने उनसे कहा, "अब आप तशरीफ़ ले जाइए... पर ख़याल रहे कि रोज़-रोज़ ज़र-ए-डिग्री मैं अदा नहीं कर सकता। आयन्दा एहतियात रहे।"

मिर्ज़ा ग़ालिब थोड़ी देर के लिए सोच में डूब गये।

मुफ़्ती साहब ने उनसे पूछा : "क्या सोच रहे हैं आप?"

मिर्ज़ा ग़ालिब चौंक कर बोले : "जी। मैं कुछ भी नहीं सोच रहा था...शायद कुछ सोचने की कोशिश कर रहा था कि

मौत का एक दिन मुअय्यन है
नींद क्यों रात भर नहीं आती"

मुफ़्ती साहब ने उनसे पूछा : "क्या आपको रात भर नींद नहीं आती?"

मिर्ज़ा ग़ालिब ने मुस्करा कर कहा : "किसी खुश-नसीब ही को आती होगी।"

मुफ़्ती साहब ने कहा : "आप शायरी छोड़िए...बस आयन्दा एहतियात रहे।"

मिर्ज़ा ग़ालिब अपने अंग्ररखे की शिकने दुरस्त करते हुए बोले, "आपकी नसीहत पर चलकर साबित क़दम रहने की ख़ुदा से दुआ करूँगा...मुफ़्ती साहब : मुफ़्त-मुफ़्त की ज़हमत आपको हुई। नक़दन सिवाये "शुक्र है" के और क्या अदा

कर सकता हूँ। ख़ैर ख़ुदा आपको दस गुना दुनिया में और सत्तर गुना आख़रत में देगा।"

यह सुन कर मुफ़्ती सदरउद्दीन आज़रदा ज़ेर-ए-लब मुस्कराए : "आख़रत वाले में तो आपको शरीक करना मुहाल है...दुनिया के दस गुने में भी आपको एक कौड़ी नहीं दूँगा कि आप मय-ख़्वारी कीजिए।"

मिर्ज़ा ग़ालिब हँसे...मय-ख़्वारी कैसी मुफ़्ती साहब!

मय से ग़र्ज़-ए-निशात है किस रू स्याह को
इक गू न बेख़ुदी मुझे दिन रात चाहिए

और यह शे'र सुनाकर 'मिर्ज़ा ग़ालिब' अदालत के कमरे से बाहर चले गये।

बादशाहत का ख़ात्मा

टेलीफ़ोन की घण्टी बजी। मनमोहन पास ही बैठा था। उसने रिसीवर उठाया और कहा, "हैलो...फ़ोर फ़ोर फ़ाइव सेवेन।"

दूसरी तरफ़ से पतली-सी निसवानी आवाज़ आयी सारी...रांग नम्बर।

मनमोहन ने रिसीवर रख दिया और किताब पढ़ने में मशग़ूल हो गया।

यह किताब वह तक़रीबन बीस मरतबा पढ़ चुका था। इसलिए नहीं कि उसमें कोई ख़ास बात थी। दफ़्तर में जो वीरान पड़ा था। एक सिर्फ़ यही किताब थी जिसके आख़री अवराक़ करम-ख़ुर्द थे।

एक हफ़्ते से दफ़्तर मनमोहन की तहवील में था। क्योंकि उसका मालिक जोकि उसका दोस्त था। कुछ रुपया कर्ज़ लेने के लिए कहीं बाहर गया हुआ था। मनमोहन के पास चूँकि रहने के लिए कोई जगह नहीं थी। इसलिए फुटपाथ से आरज़ी तौर पर वह उस दफ़्तर में मुन्तकिल हो गया था। और उस एक हफ़्ते में वह दफ़्तर की इकलौती किताब तक़रीबन बीस मरतबा पढ़ चुका था।

दफ़्तर में वह अकेला पड़ा रहता। नौकरी से उसे नफ़रत थी। अगर वह चाहता तो किसी भी फ़िल्म कम्पनी में बतौर फ़िल्म डायरेक्टर के मुलाज़िम हो सकता था। मगर वह गुलामी नहीं चाहता था। निहायत ही बेज़रूर और मुख़लिस आदमी था। इसलिए दोस्त-यार उसके रोज़ाना अख़राजात का बन्दोबस्त कर देते थे। यह अख़राजात बहुत ही कम थे। सुबह को चाय की प्याली और टोस्ट। दोपहर को दो फुल्के और थोड़ा-सा सालन सारे दिन में एक पैकेट सिगरेट और बस।

मनमोहन का कोई अज़ीज़ या रिश्तेदार नहीं था। बेहद ख़ामोशी पसन्द था। जफ़ा कश था। कई-कई दिन फाँके से रह सकता था। इसके मुताल्लिक़ उसके दोस्त और तो कुछ नहीं लेकिन इतना जानते थे कि वह बचपन ही से घर छोड़-छाड़ के निकल आया था। और एक मुद्दत से बम्बई के फुटपाथों पर आबाद था। ज़िन्दगी में उसको सिर्फ़ एक चीज़ की हसरत थी औरत की मुहब्बत की। वह कहा करता था, "अगर मुझे किसी औरत की मुहब्बत मिल गयी तो मेरी सारी ज़िन्दगी बदल जायेगी।"

दोस्त उससे कहते, "तुम काम फिर भी न करोगे।"

मनमोहन आह भर कर जवाब देता, "काम?...मैं मुजस्सम काम बन जाऊँगा।"

दोस्त उससे कहते, "तो शुरू कर दो किसी से इश्क़।"

मनमोहन जवाब देता, "नहीं...मैं ऐसे इश्क़ का क़ायल नहीं जो मर्द की तरफ़ से शुरू हो।"

दोपहर के खाने का वक़्त क़रीब आ रहा था। मनमोहन ने सामने दीवार पर क्लॉक की तरफ़ देखा। टेलीफ़ोन की घण्टी बजना शुरू हुई। उसने रिसीवर उठाया और कहा, "हैलो...फ़ोर फ़ोर फ़ोर फ़ाइव सेवन।"

दूसरी तरफ़ से पतली सी आवाज़ आयी, "फ़ोर फ़ोर फ़ोर फ़ाइव सेवन?"

मनमोहन ने जवाब दिया, "जी हाँ।"

निसवानी आवाज़ ने जवाब पूछा, "आप कौन हैं?"

"मैं मनमोहन। ...फ़रमाइए!"

दूसरी तरफ़ से आवाज़ न आयी तो मनमोहन ने कहा, "फ़रमाइए किस से बात करना चाहती हैं आप?"

आवाज़ ने जवाब दिया, "आप से।"

मनमोहन ने ज़रा हैरत से पूछा, "मुझसे?"

"जी हाँ...आपसे...क्या आपको कोई एतराज़ है।"

मनमोहन सटपटा सा गया, "जी?...जी नहीं।"

आवाज़ मुस्कुराई, "आपने अपना नाम मदन मोहन बताया था।"

"जी नहीं...मनमोहन।"

"मनमोहन।"

चन्द लम्हात ख़ामोशी में गुज़र गये तो मनमोहन ने कहा, "आप बातें करना चाहती थीं मुझसे?"

आवाज़ आयी, "जी हाँ।"

"तो कीजिए।"

थोड़े वक्फ़े के बाद आवाज़ आयी, "समझ में नहीं आता क्या बात करूँ...आप ही शुरू कीजिए न कोई बात।"

"बहुत बेहतर" यह कह कर मनमोहन ने थोड़ी देर सोचा, "नाम अपना बता चुका हूँ। आरज़ी तौर पर ठिकाना मेरा यह दफ़्तर है...पहले फ़ुटपाथ पर सोता था। अब एक हफ़्ता से इस दफ़्तर के बड़े मेज़ पर सोता हूँ।"

आवाज़ मुस्कुराई, "फ़ुटपाथ पर आप मसहरी लगा कर सोते थे?"

मनमोहन हँसा, "इससे पहले कि मैं आपसे मज़ीद गुफ़्तगू करूँ, मैं ये बात वाज़ह कर देना चाहता हूँ कि मैंने कभी झूठ नहीं बोला। फ़ुटपाथों पर सोते मुझे एक ज़माना हो गया है। यह दफ़्तर तक़रीबन एक हफ़्ते से मेरे कब्ज़े में है।

आजकल ऐश कर रहा हूँ।"

आवाज़ मुस्कुराई, "कैसे ऐश?"

मनमोहन ने जवाब दिया, "एक किताब मिल गयी थी यहाँ से...आख़री अवराक गुम हैं, लेकिन इसे बीस मरतबा पढ़ चुका हूँ...सालिम किताब कभी हाथ लगी तो मालूम होगा हीरो-हीरोइन के इश्क़ का अंज़ाम क्या हुआ।"

आवाज़ हँसी, "आप बड़े दिलचस्प आदमी हैं।"

मनमोहन ने तकल्लुफ़ से कहा, "आपकी जर्रःनवाज़ी है।"

आवाज़ ने थोड़े तवक्कफ़ के बाद पूछा, "आपका शग़ल क्या है?"

"शग़ल।"

"मेरा मतलब है आप करते क्या हैं?"

"क्या करता हूँ?...कुछ भी नहीं। एक बेकार इंसान क्या कर सकता है। सारा दिन आवारागर्दी करता है। रात को सो जाता हूँ।"

आवाज़ ने पूछा, "यह ज़िन्दगी आपको अच्छी लगता है।"

मनमोहन सोचने लगा, "ठहरिए...बात दरअसल यह है कि मैंने इस पर कभी ग़ौर ही नहीं किया। अब आपने पूछा है तो मैं अपने आपसे पूछ रहा हूँ कि यह ज़िन्दगी तुम्हें अच्छी लगती है या नहीं?"

"कोई जवाब मिला?"

थोड़े वक़्फे के बाद मनमोहन ने जवाब दिया, "जी नहीं...लेकिन मेरा ख़याल है कि ऐसी ज़िन्दगी मुझे अच्छी लगती ही होगी। जबकि एक अर्से से बसर कर रहा हूँ।"

आवाज़ हँसी। मनमोहन ने कहा, "आपकी हँसी बड़ी मुतरन्निम है।"

आवाज़ शरमा गयी, "शुक्रिया।" और सिलसिला-ए-गुफ़्तगू मुनकतअः कर दिया।

मनमोहन थोड़ी देर रिसीवर हाथ में लिये खड़ा रहा। फिर मुस्कुरा कर उसे रख दिया और दफ़्तर बन्द करके चला गया।

दूसरे रोज़ सुबह आठ बजे जबकि मनमोहन दफ़्तर के बड़े मेज़ पर सो रहा था। टेलीफ़ोन की घण्टी बजना शुरू हुई। जमायां लेते हुए उसने रिसीवर उठाया और कहा, "हैलो फ़ोर फ़ोर फ़ोर फ़ाइव सेवन।"

दूसरी तरफ़ से आवाज़ आयी, "आदाब अर्ज़ मनमोहन साहब!"

"आदाब अर्ज़!" मनमोहन एक़दम चौंका, "आह, आप...आदाब अर्ज़"

"तसलीमात!"

आवाज़ आयी, "आप ग़ालिबन सो रहे थे?"

"जी हाँ...यहाँ आ कर मेरी आदत कुछ बिगड़ रही है। वापस फ़ुटपाथ पर गया तो बड़ी मुसीबत हो जायेगी।"

आवाज़ मुस्कुराई, "क्यों?"

"वहाँ सुबह पाँच बजे से पहले-पहले उठना पड़ता है।"

आवाज़ हँसी। मनमोहन ने पूछा, "कल आपने एक़दम टेलीफ़ोन बन्द कर दिया।"

आवाज़ शरमाई "आपने मेरी हँसी की तारीफ़ क्यों की थी?"

मनमोहन ने कहा, "लो साहब, ये भी अजीब बात कही आपने...कोई चीज़ ख़ूबसूरत हो तो उसकी तारीफ़ नहीं करनी चाहिए?"

"बिलकुल नहीं।"

"यह शर्त आप मुझ पर आमद नहीं कर सकतीं...मैंने आज तक कोई शर्त अपने ऊपर आयद नहीं होने दी। आप हँसेगी तो मैं ज़रूर तारीफ़ करूँगा।"

"मैं टेलीफ़ोन बन्द कर दूँगी।"

"बड़े शौक़ से।"

"आपको मेरी नाराज़गी का कोई ख़याल नहीं।"

"मैं सबसे पहले अपने आपको नाराज़ नहीं करना चाहता...अगर मैं आपकी हँसी की तारीफ़ न करूँ तो मेरा ज़ौक़ मुझसे नाराज़ हो जायेगा...यह ज़ौक मुझे बहुत अज़ीज़ है।"

थोड़ी देर ख़ामोशी रही। इसके बाद दूसरी तरफ़ से आवाज़ आयी, "माफ़ कीजिएगा। मैं मुलाज़िम: से कुछ कह रही थी...आपका ज़ौक आपको बहुत अज़ीज़।...हाँ यह तो बताइए आपको शौक़ किस चीज़ का है?"

"क्या मतलब?"

"यानी...कोई शग़ल...कोई काम...मेरा मतलब है आपको आता क्या है?"

मनमोहन हँसा, "कोई काम नहीं आता...फ़ोटोग्राफ़ी का थोड़ा-सा शौक़ है।"

"बहुत अच्छा शौक़ है।"

"इसकी अच्छाई या बुराई का मैंने कभी नहीं सोचा।"

आवाज़ ने पूछा, "कैमरा तो आपके पास बहुत अच्छा होगा?"

मनमोहन हँसा, "मेरे पास अपना कोई कैमरा नहीं। दोस्तों से माँग कर शौक़ पूरा कर लेता हूँ। अगर मैंने कभी कुछ कमाया तो एक कैमरा मेरी नज़र में है। वह ख़रीदूँगा।"

आवाज़ ने पूछा, "कौन सा कैमरा?"

मनमोहन ने जवाब दिया, "एग्ज़क्टा रिफ़्लैक्स कैमरा है। मुझे बहुत पसन्द है।"

थोड़ी देर ख़ामोशी रही। इसके बाद आवाज़ आयी, "मैं कुछ सोच रही थी।"

"क्या?"

"आपने न मेरा नाम पूछा, न टेलीफ़ोन नं. दरियाफ़्त किया।"

"मुझे इसकी ज़रूरत ही महसूस नहीं हुई?"

"क्यों?"

"नाम आपका कुछ भी हो क्या फ़र्क पड़ता है...आपको मेरा नं. मालूम है। बस ठीक है...आप अगर चाहेंगी कि मैं आपको टेलीफ़ोन करूँ तो नाम और नं. बता दीजिएगा।"

"मैं नहीं बताऊँगी।"

"लो साहब, यह भी ख़ूब रहा...मैं जब आपसे पूछूँगा ही नहीं तो बताने न बताने का सवाल ही कहाँ पैदा होता है।"

आवाज़ मुस्कुराई, "आप अजीब-ओ-ग़रीब आदमी हैं।"

मनमोहन मुस्कुराया, "जी हाँ कुछ ऐसा ही आदमी हूँ।"

चन्द सेकण्ड ख़ामोशी रही "आप फिर सोचने लगी।"

"जी हाँ, कोई और बात इस वक़्त सोच नहीं रही थी।"

"तो टेलीफ़ोन बन्द कर दीजिए...फिर सही।"

आवाज़ किसी क़दर तीखी हो गयी, "आप बहुत रूखे आदमी हैं...टेलीफ़ोन बन्द कर दीजिए लीजिए मैं बन्द करती हूँ।"

मनमोहन ने रिसीवर रख दिया और मुस्कुराने लगा।

आधे घण्टे के बाद जब मनमोहन मुँह-हाथ धोकर कपड़े पहन कर बाहर निकलने के लिए तैयार हुआ तो टेलीफ़ोन की घण्टी बजी। उसने रिसीवर उठाया और कहा फ़ोर फ़ोर फ़ोर फ़ाइव सेवन।"

आवाज़ आयी, "मिस्टर मनमोहन?"

मनमोहन ने जवाब दिया, "जी हाँ मनमोहन। इरशाद?"

आवाज़ मुस्कुराई, "इरशाद यह है कि मेरी नाराज़गी दूर हो गयी है।"

मनमोहन ने बड़ी शगुफ़्तगी से कहा, "मुझे बड़ी खुशी हुई है।"

"नाश्ता करते हुए मुझे ख़याल आया कि आपके साथ बिगाड़नी नहीं चाहिए ...हाँ आपने नाश्ता कर लिया।"

"जी नहीं बाहर निकलने ही वाला था कि आपने टेलीफ़ोन किया।"

"ओह...तो आप जाइए।"

"जी नहीं। मुझे कोई जल्दी नहीं। मेरे पास आज पैसे नहीं हैं। इसलिए मेरा ख़याल है कि आज नाश्ता नहीं होगा।"

"आपकी बातें सुन कर...आप ऐसी बातें क्यों करते हैं...मेरा मतलब है ऐसी बातें आप इसलिए करते हैं कि आपको दुख होता है?"

मनमोहन ने एक लम्हा सोचा, "जी नहीं...मेरा अगर कोई दुख-दर्द है तो मैं उसका आदी हो चुका हूँ।"

आवाज़ ने पूछा, "मैं कुछ रुपये आपको भेज दूँ।"

मनमोहन ने जवाब दिया, "भेज दीजिए। मेरे फ़नानसरों में एक आपका भी

इज़ाफ़ा हो जायेगा?"

"नहीं, मैं नहीं भेजूँगी।"

"आपकी मर्ज़ी।"

"मैं टेलीफ़ोन बन्द करती हूँ।"

"बेहतर।"

मनमोहन ने रिसीवर रख दिया और मुस्कुराता हुआ दफ़्तर से निकल गया। रात को दस बजे के क़रीब वापस आया और कपड़े बदल कर मेज़ पर लेट कर सोचने लगा कि यह कौन है जो उसे फ़ोन करती है, आवाज़ से सिर्फ़ इतना पता चलता था कि जवान है। हँसी बहुत मुतरन्निम थी। गुफ़्तगू से यह साफ़ ज़ाहिर है कि तालीम-याफ़्ता और मुहज़्ज़ब है। बहुत देर तक वह उसके मुताल्लिक़ सोचता रहा। इधर क्लॉक ने ग्यारह बजाये उधर टेलीफ़ोन की घण्टी बजी। मनमोहन ने रिसीवर उठाया "हैलो।"

दूसरी तरफ़ से वही आवाज़ आयी, "मिस्टर मनमोहन।"

"जी हाँ...मनमोहन...इरशाद।"

"इरशाद यह है कि मैंने आज दिन में कई मरतबा रिंग किया। आप कहाँ ग़ायब थे?"

"साहब बेकार हूँ, लेकिन फिर भी काम पर जाता हूँ।"

"किस काम पर?"

"आवारागर्दी।"

"वापस कब आये?"

"दस बजे।"

"अब क्या कर रहे थे?"

"मेज़ पर लेटा आपकी आवाज़ से आपकी तस्वीर बना रहा था।"

"बनी?"

"जी नहीं।"

"बनाने की कोशिश न कीजिए...मैं बड़ी बदसूरत हूँ।"

"माफ़ कीजिएगा, अगर आप वाक़ई बदसूरत हैं तो टेलीफ़ोन बन्द कर दीजिए, बदसूरती से मुझे नफ़रत है।"

आवाज़ मुस्कुराई, "ऐसा है तो चलिए मैं ख़ूबसूरत हूँ। मैं आपके दिल में नफ़रत नहीं पैदा करना चाहती।"

थोड़ी देर ख़ामोशी रही। मनमोहन ने पूछा, "कुछ सोचने लगीं?"

आवाज़ चौंकी, "जी नहीं...मैं आपसे पूछने वाली थी कि..."

"सोच लीजिए अच्छी तरह।"

आवाज़ हँस पड़ी, "आपको गाना सुनाऊँ?"

"ज़रूर।"

"ठहरिए।"

गला साफ़ करने की आवाज़ आयी। फिर 'गालिब' की यह ग़ज़ल शुरू हुई—

नुक्तह चीं है ग़म-ए-दिल...

सहगल वाली नयी धुन थी। आवाज़ में दर्द और ख़ुलूस था। जब ग़ज़ल ख़त्म हुई तो मनमोहन ने दाद दी, "बहुत ख़ूब...ज़िन्दा रहो।"

आवाज़ शरमा गयी "शुक्रिया" और टेलीफ़ोन बन्द कर दिया।

दफ़्तर के बड़े मेज़ पर मनमोहन के दिल-ए-दिमाग़ में सारी रात ग़ालिब की ग़ज़ल गूजँती रही। सुबह जल्दी उठा और टेलीफ़ोन का इन्तज़ार करने लगा। तक़रीबन ढाई घण्टे कुर्सी पर बैठा रहा मगर टेलीफ़ोन की घण्टी न बजी। जब मायूस हो गया तो एक अजीब-सी तल्ख़ी उसने अपने हलक़ में महसूस की। उठ कर टहलने लगा। इसके बाद मेज़ पर लेट गया और कुढ़ने लगा। वही किताब जिसको वह मुतअद्दद मरतबह पढ़ चुका था उठाई और बरक़ गर्दानी शुरू कर दी। यूँ ही लेटे-लेटे शाम हो गयी। तक़रीबन सात बजे टेलीफ़ोन की घंटी बजी। मनमोहन ने रिसीवर उठाया और तेजी से पूछा "कौन है?"

वही आवाज़ आयी, "मैं।"

मनमोहन का लहज़ा तेज़ रहा, "इतनी देर तुम कहाँ थी?"

आवाज़ लरज़ी, "क्यों?"

"मैं सुबह से यहाँ झक मार रहा हूँ...नाश्ता किया है न दोपहर का खाना खाया है हालाँकि मेरे पास पैसे मौजूद थे।"

आवाज़ आयी, "मेरी जब मर्ज़ी होगी टेलीफ़ोन करूँगी...आप..."

मनमोहन ने बात काट कर कहा, "देखो जी यह सिलसिला बन्द करो। टेलीफ़ोन बन्द करना है तो एक वक़्त मुक़र्रर करो। मुझसे इन्तज़ार बर्दाश्त नहीं होता।"

आवाज़ मुस्कुराई, "आज की माफ़ी चाहती हूँ। कल से बाक़ायदा सुबह और शाम फ़ोन आया करेगा आपको।"

"यह ठीक है!"

आवाज़ हँसी, "मुझे मालूम नहीं था आप इस क़दर बिगड़े दिल हैं।"

मनमोहन मुस्कुराया, "माफ़ करना। इन्तज़ार से मुझे बहुत कोफ़्त होती है और जब मुझे किसी बात से कोफ़्त होती है तो अपने आपको सज़ा देना शुरू कर देता हूँ।"

"वह कैसे?"

"सुबह तुम्हारा टेलीफ़ोन न आया...चाहिए तो यह था कि मैं चला जाता... लेकिन बैठा दिन भर अन्दर-ही-अन्दर कुढ़ता रहा। बचपना है साफ़।"

आवाज़ हमदर्दी में डूब गयी, "काश मुझसे यह ग़लती न होती...मैंने क़सदन सुबह टेलीफ़ोन न किया।"

"क्यों?"

"यह मालूम करने के लिए कि आप इन्तज़ार करेंगे या नहीं?"

मनमोहन हँसा, "बहुत शरीर हो तुम...अच्छा अब टेलीफ़ोन बन्द करो। मैं खाना खाने जा रहा हूँ।"

"बेहतर कब तक लौटिएगा?"

"आधे घण्टे तक"

मनमोहन आधे घण्टे के बाद खाना खा कर लौटा तो उसने फ़ोन किया। देर तक दोनों बातें करते रहे। इसके बाद उसने 'ग़ालिब' की एक ग़ज़ल सुनाई। मनमोहन ने दिल से दाद दी। फिर टेलीफ़ोन का सिलसिला मुनक्तअ हो गया।

अब हर रोज़ सुबह और शाम मनमोहन को उसका टेलीफ़ोन आता। घण्टी की आवाज़ सुनते ही वह टेलीफ़ोन की तरफ़ लपकता। बाज़ औक़ात घण्टों बातें जारी रहतीं। इस दौरान में मनमोहन ने उससे टेलीफ़ोन का नं. पूछा न उसका नाम। शुरू-शुरू में उसने उसकी आवाज़ की मदद से तख़यील के पर्दे पर उसकी तस्वीर खींचने की कोशिश की थी। मगर अब वह जैसे आवाज़ ही से मुतमईन हो गया था। आवाज़ ही शक्ल थी। आवाज़ ही सूरत थी। आवाज़ ही ज़िस्म था। आवाज़ ही रूह थी। एक दिन उसने पूछा "मनमोहन तुम मेरा नाम क्यों नहीं पूछते?"

मनमोहन ने मुस्कुराकर कहा, "तुम्हारा नाम तुम्हारी आवाज़ है।"

"जो कि बहुत मुतरन्निम है।"

"इसमें क्या शक है?"

एक दिन वह बड़ा टेढ़ा सवाल कर बैठी, "मनमोहन तुमने कभी किसी लड़की से मुहब्बत की है?"

मनमोहन ने जवाब दिया, "नहीं।"

"क्यों?"

मनमोहन एकदम उदास हो गया, "इस क्यों का जवाब चन्द लफ़्ज़ों में नहीं दे सकता। मुझे अपनी ज़िन्दगी का सारा मलबह उठाना पड़ेगा...अगर कोई जवाब न मिले तो बड़ी कोफ़्त होगी।"

"जाने दीजिए"

टेलीफ़ोन का रिश्ता क़ायम हुए तक़रीबन एक महीना हो गया। बिला नाग़ह दिन में दो मरतबह उसका फ़ोन आता। मनमोहन को अपने दोस्त का ख़त आया कि क़र्ज़े का बन्दोबस्त हो गया है सात-आठ रोज़ में वह बम्बई पहुँचने वाला है। मनमोहन यह ख़त पढ़ कर अफ़सुर्दा हो गया। उसका टेलीफ़ोन आया तो मनमोहन ने उससे कहा, "मेरी दफ़्तर की बादशाही अब चन्द दिनों की मेहमान है।"

उसने पूछा "क्यों?"

मनमोहन ने जवाब दिया "क़र्ज़े का बन्दोबस्त हो गया है...दफ़्तर आबाद होने वाला है।"

"तुम्हारे किसी और दोस्त के घर में टेलीफ़ोन नहीं।"

"कई दोस्त हैं जिनके टेलीफ़ोन हैं। मगर मैं तुम्हें उनका नं. नहीं दे सकता।"

"क्यों?"

"मैं नहीं चाहता तुम्हारी आवाज़ कोई और सुने।"

"वजह?"

"मैं बहुत हासिद हूँ।"

"वह मुस्कुराई, "यह तो बड़ी मुसीबत हुई।"

"क्या किया जाय?"

"आख़री दिन जब तुम्हारी बादशाहत खत्म होने वाली होगी। मैं तुम्हें अपना नं. बता दूँगी।"

"यह ठीक है।"

मनमोहन की सारी अफ़सुर्दगी दूर हो गयी। वह उस दिन का इन्तज़ार करने लगा कि दफ़्तर में उसकी बादशाहत ख़त्म हो। अब फिर उसने उसकी आवाज़ की मदद से अपने तख़य्युल के पर्दे पर उसकी तस्वीर खींचने की कोशिश शुरू की। कई तस्वीरें बनीं। मगर वह मुतमईन न हुआ। उसने सोचा चन्द दिनों की बात है। उसने टेलीफ़ोन नं. बता दिया तो वह उसे देख भी सकेगा। इसका ख़याल आते ही उसका दिल-ओ-दिमाग़ सुन्न हो जाता। "मेरी ज़िन्दगी का वह लम्हा कितना बड़ा लम्हा होगा। जब मैं उसको देखूँगा।"

दूसरे रोज़ जब उसका टेलीफ़ोन आया तो मनमोहन ने उससे कहा, "तुम्हें देखने का इश्तियाक़ पैदा हो गया है।"

"क्यों?"

"तुमने कहा था कि आख़री दिन जब यहाँ मेरी बादशाहत ख़त्म होने वाली होगी तो तुम मुझे अपना नं. बता दोगी।"

"कहा था।"

"इसका यह मतलब है कि तुम मुझे अपना ऐडरेस दे दोगी...मैं तुम्हें देख सकूँगा।"

"तुम मुझे जब चाहो देख सकते हो...आज ही देख लो।"

"नहीं-नहीं"...फिर कुछ सोच कर कहा, "मैं ज़रा अच्छे लिबास में तुमसे मिलना चाहता हूँ...आज ही एक दोस्त से कह रहा हूँ। वह मुझे सूट सिलवा देगा।"

वह हँस पड़ी। "बिलकुल बच्चे हो तुम...सुनो, जब तुम मुझसे मिलोगे तो मैं

तुम्हें एक तोहफ़ा दूँगी।"

मनमोहन ने जज़बाती अन्दाज़ में कहा, "तुम्हारी मुलाक़ात से बढ़ कर और क्या तोहफ़ा हो सकता है?"

"मैंने तुम्हारे लिये एग्ज़क्टा कैमरा ख़रीद लिया है।"

"ओह।"

"इस शर्त पर दूँगी कि पहले मेरा फोटो उतारो।"

मनमोहन मुस्कुराया "इस शर्त का फ़ैसला मुलाक़ात पर करूँगा।"

थोड़ी देर और गुफ़्तगू हुई इसके बाद उधर से वह बोली, "मैं कल और परसों तुम्हें टेलीफ़ोन नहीं कर सकूँगी।"

मनमोहन ने तशवीश भरे लहज़े में पूछा, "क्यों?".

"मैं अपने अज़ीज़ों के साथ कहीं बाहर जा रही हूँ। सिर्फ़ दो दिन ग़ैरहाज़िर रहूँगी। मुझे माफ़ कर देना।"

यह सुनने के बाद मनमोहन सारा दिन दफ़्तर ही में रहा। दूसरे दिन सुबह उठा तो उसने हरारत महसूस की। सोचा कि यह अज़मुहाल शायद इसलिए है कि उसका टेलीफ़ोन नहीं आयेगा लेकिन दोपहर तक हरारत तेज़ हो गयी। बदन तपने लगा। आँखों से शरारे फूटने लगे। मनमोहन मेज़ पर लेट गया। प्यास बार-बार सताती थी। उठता और नल से मुँह लगा कर पानी पीता। शाम के क़रीब उसे अपने सीने पर बोझ महसूस होने लगा। दूसरे रोज़ वह बिलकुल निढाल था। साँस बड़ी दिक्क़त से आती थी। सीने की दुखन बहुत बढ़ गयी थी।

कई बार उस पर हज़यानी कैफ़ियत तारी हुई। बुख़ार की शिद्दत में वह घण्टों टेलीफ़ोन पर अपनी महबूब आवाज़ के साथ बातें करता रहा। शाम को उसकी हालत बहुत ज़्यादा बिगड़ गयी। धुँधलायी हुई आँखों से उसने क्लॉक की तरफ़ देखा। उसके कानों में अजीब-ओ-ग़रीब आवाज़ें गूँज रही थीं। चुनानचः जब टेलीफ़ोन की घण्टी से बज रहे थे। चारों तरफ़ आवाज़ें गूँज रही थीं। जैसे हज़ारहा टेलीफ़ोन बोल रहे हैं सीने में घूँघरू से बज रहे थे। चारों तरफ़ आवाज़ें ही आवाज़ें थीं। चुनानचः जब टेलीफ़ोन की घण्टी बजी तो उसके कानों तक उसकी आवाज़ न पहुँची। बहुत देर तक घण्टी बजती रही। एकदम मनमोहन चौंका। उसके कान अब सुन रहे थे। लड़खड़ाता हुआ उठा और टेलीफ़ोन तक गया। दीवार का सहारा ले कर उसने काँपते हुए हाथों से रिसीवर उठाया और खुश्क होंटों पर लकड़ी जैसी ज़बान फेरकर कहा—"हैलो।"

दूसरी तरफ़ से वह लड़की बोली, "हैलो...मोहन?"

मनमोहन की आवाज़ लड़खड़ायी, "हाँ मोहन।"

"ज़रा ऊँची बोलो..."

मनमोहन ने कुछ कहना चाहा। मगर वह उसके हलक़ ही में खुश्क हो गया।

आवाज़ आयी, "मैं जल्दी आ गयी...बड़ी देर से तुम्हें रिंग कर रही हूँ...कहाँ थे तुम?"

मनमोहन का सिर घूमने लगा।

आवाज़ आयी, "क्या हो गया है तुम्हें?"

मनमोहन ने बड़ी मुश्किल से इतना कहा, "मेरी बादशाहत ख़त्म हो गयी है आज।"

उसके मुँह से ख़ून निकला और एक पतली लकीर की सूरत में गर्दन तक दौड़ता चला गया।

आवाज़ आयी, "मेरा नम्बर नोट कर लो...फाइव नाट थ्री वन फ़ोर, फ़ाइव नाट थ्री वन फ़ोर...सुबह फ़ोन करना।" यह कह कर उसने रिसीवर रख दिया। मनमोहन आधे मुँह टेलीफ़ोन पर गिरा...उसके मुँह से ख़ून के बुलबुले फूटने लगे।

14 जून, 1950 ई.

□□